大
方
sight

后来的人类

糖匪 —— 著

中信出版集团 | 北京

图书在版编目（CIP）数据

后来的人类 / 糖匪著. —北京：中信出版社，2023.4
ISBN 978-7-5217-5489-6

Ⅰ.①后… Ⅱ.①糖… Ⅲ.①幻想小说—小说集—中国—当代 Ⅳ.①I247.5

中国国家版本馆 CIP 数据核字（2023）第 044671 号

后来的人类
著者： 糖匪
出版发行： 中信出版集团股份有限公司
（北京市朝阳区东三环北路 27 号嘉铭中心　邮编　100020）
承印者： 浙江新华数码印务有限公司

开本：880mm×1230mm 1/32　印张：7.875　字数：137 千字
版次：2023 年 4 月第 1 版　印次：2023 年 4 月第 1 次印刷
书号：ISBN 978-7-5217-5489-6
定价：59.00 元

版权所有·侵权必究
如有印刷、装订问题，本公司负责调换。
服务热线：400-600-8099
投稿邮箱：author@citicpub.com

目录

1 看云宝地

61 快活天

181 半篇半调 × 2

239 后记
要是没人觉得不礼貌
我更愿意就地坐下

看云宝地

一

到最后,他的爱人们才把他的话当真,纷纷紧张起来。

这云上七十九位个体,都是实实在在的人,哪怕有几位人机耦合,人格都是完整的。和她们交好之前,鹤来都一一验证过。对象必须是人,这是底线。他为人老派,接受不了跨物种的恋情。但这不妨碍他张开手臂拥抱科技带来的云上世界,洁净轻盈的人际关系。情意缠绵,肉身永不相见。交欢媾和,一边云上虚拟世界的翻云覆雨,一边云下现实由各自的抚慰仪器辅助实现,不受性别年龄人种限制,不存在交叉感染,也不存在占有控制,更没有厌倦猜疑嫉妒,各自独立,彼此共享深长温厚的情谊。每个人都是许多人的许多分之一。

和他要好的这些人,交情最浅的也有五十来年——到了一定岁数之后,他就不再加新人。已经足够。再多,记不住,必须借用记忆储存硬件。鹤来觉得那样实在太失礼。所以他体体面面认认真真地和七十九个人交往。真心换来真心。这七十九位都是在云上可以为他不计较付出的人。

即便这样，最初时候，当鹤来遇到麻烦，她们都没有当真。那事太像一个玩笑。谁能想到素来沉稳的鹤来在云上约会时，竟然跑错"房间"，闯入别人的派对。进去时，里面一群人正在开烧烤派对。无人岛场景。碧海蓝天椰影婆娑。凉爽微风沁人心脾。菠萝香甜气息与烟熏火烤后的肉类矜持混搭，香槟光泽经水晶杯器皿切割完美的表面折射。出席的男男女女以及中间性别身着各式睡衣，神情散淡、慵闲，如同奥林匹斯山上的众神。直到鹤来贸然闯入。

"谁呀？"

"嗨，朋友，这是私人派对。"

鹤来落进"众神"目光里，因为是初次，还不懂得自惭形秽。他听见有人在呼叫管理员。一个温和白净的男人顷刻出现，和鹤来一样局外人打扮，V领套头针织背心罩在衬衫外，模样本分可靠。这位管理员穿过人群，把鹤来拉到边上。

"我和朋友见面。我们预定了这个房间——大概一星期前吧。"鹤来解释。

管理员公事公办应对，让鹤来亮出房间密钥。密钥拿出来。一连串数字。前头房间七位数固定密码，全部符合。后面房间隔间区段码，三个里错了两个。

是他进错了房间。

鹤来错愕。云上世界，闯别人房间如裸身冲入陌生人家里。公序良俗的第一要紧就是不做这样的事。人人严格遵守。他竟然坏掉规矩。

"你搞错了。"管理员声音高出三分。

按道理，只要一位数不匹配就进不了房间。想必是管理员偷懒，想着多年来没有人破坏规矩，只设置了前头固定密码，也就是说这一千个房间实际上公用一把密钥。鹤来也不好说破。他悻悻然错开目光，站在那里发窘。

两颊发烫。

烫，烧在肉身实实在在的烫，困在云下无法传递出徒劳的热度。彼端云下，郊外摩天大楼的套间里，上传器前一张面孔，颧骨颌骨撑起的皮肤下，静脉血管扩张，血液急涌，肾上腺素徒劳做功。没人看到。而云上，完全不显。那里的鹤来发窘，也是垂头站着，视线虚扫过围观人群的脚尖。

"没关系，我们也就随便聚聚玩玩。"有人给鹤来解围。

其他人跟着附和，大度原谅。毕竟鹤来闯入时，聚会还没进行到特别私密阶段，不会给人造成困扰。倒是这难得一遇的过错，可以作一阵子的谈资。

鹤来俯首道歉，感谢对方不追究。管理员声称要给鹤来记一个处分，被人求情拦下。他转脸望鹤来，一脸的正直与尽职。鹤来再次调转视线，盯住脚下金色沙滩。

细洁金沙上,只他一双德比鞋特别扎眼。

有人在笑他。半点不掩饰。

鹤来听得心里松动,感激笑声里的不雅,他抬头,恍惚发现他已经在不远处:穹顶壁画大理石地板一排落地镜一直延伸到房间尽头,欧洲宫殿的一个大厅。他站在巨大镜子前,里芬坐在旁边,侧身对他大笑。约的人正是她。

"你进错房间啦?"里芬故意提起。

鹤来嗫嚅回了句什么。他想起管理员正直的面孔,想起他最后急于将自己挪出沙滩房间——那些人大概迫不及待要清场好嘲弄他。

里芬又笑。手掌软绵绵落在他肩上。"对不住,我停不下来。也挺好的。没想到这辈子也能见着你冒失的样子,还是为了见我。"

鹤来深深看里芬,洒脱惯了的人第一次不知道说什么。"你一个人知道就好。"

"那——"里芬拖长尾音,"不好说。"

云上的人,本来轻盈,滤去许多冗余细节。里芬又娇俏。鹤来看得着迷。她那么可爱,要说就说吧。说不定,他的尴尬事此时此刻已传扬开来。

他猜得没错。就在他们说话的时候,他误闯房间的视频,病毒一般迅速扩散、复制,经加工恶搞再度传播。毕竟是新鲜事。云上有一半人都在他的窘态里得到快乐。他的笨拙粗心点燃了众人的生活,又在短短几十分钟后迅速被熄灭,被下一个焦点取代。只有鹤来云上的爱人们,才会在意。当然是在她们笑话完他之后。

一天里,好多人跑来慰问,确定鹤来现在是否安妥。他回答说没事。里芬就在旁边。她们不再多问,最多简单嘱咐几句就离去。

鹤来向里芬笑,略带歉意。"最近也不知道怎么,手也不太灵便,画的画比刷墙灰还不如。"

"好久不画,手笨了呗。"里芬声音弥散,透出一些忧虑。

鹤来不让她多想,岔开话题。"你怎么那么快就知道我出糗?"也只是下意识觉得奇怪,但他并非一定要知道。

里芬一踌躇。"啊,我那时在隔壁。"

她那时就在隔壁。鹤来心想。

"啊。"喉咙深处一个声音滚落出来。上传器前的肉身不小心没有兜住那声音。云上的虚拟像跟着露了洋相。里芬没有笑。

她从刚才一直就停在那里,像是网速不好卡住的画面。也许是真的卡住也未可知,同时操控几个虚拟像就会这样。里芬一心多用,以虚拟分身兼顾沙滩派对和他的幽会。此时此刻,应该还有一个她在沙滩上作乐。

外面下起雨。电子雨从落地窗飘进来,沁入虚拟像,鹤来感到丝丝凉意。心底洇开幽微晦暗的湿印。

那时候,她就在围观人中间,一句解围的话也没说。到底哪一点让他介意。是她的冷漠还是用虚拟分身赴约?

鹤来不知道。

他心里清楚,要不是出糗的事,自己也不会那么介意里芬用分身赴约。

后来,他听人说,里芬背后抱怨鹤来,说他薄情,竟然忘记他们多年私会的房间号。鹤来怔怔说不出话。一时间想不起那个叫里芬的女人长什么模样。

"我不该多嘴的。"告诉他的人露出懊悔神情。

"没有没有。"鹤来摆手,却右手重拍在左胳膊上。响声清脆。

"怎么了这是?"对方叹息。

"最近有点笨手笨脚。"鹤来笑,是那种脚尖一点,展翼腾云的笑。"想不太起和她见面时都说了些什么。断断续续的。"

言下意,里芬或许当面向他抱怨过了。

面前这位爱人会意。她媚眼如丝,轻易看透他。望着那双眼睛,全世界就好像只剩下这双眼睛。鹤来觉得安慰。

"有空我陪你做个检查吧。我们都有些担心。"她说。

"上次和你们说我手脚不灵便你们都不信。"

她笑,笑鹤来小孩子脾气。他难得这样。到底他自己这次一定有了阴影。向来洁身自好,突然有了污点。别人不记得的污点,还算污点吗?云上的记录去不掉,但汇入浩瀚的数据汪洋也就等于隐匿吧。她挨近他坐下。皮肤的热度传上云端,再经由云传到鹤来的左臂。温热得让人心痒。

"现在都信了,所以加倍愧疚。"她说着用身体深深安慰鹤来。

鹤来一点点激动起来,像被火焰烧疼了,战栗不已,一连串,闪光弹接连爆炸——却没有照亮那个爱人的名字。名字在舌底,在意识世界里始终徘徊在光亮边缘。只差一点。也许还不止一点。

在那后面隐匿在黑暗里的无可言说之物蠢蠢欲动。

二

鹤来不知道羞耻有毒。

从来没有受过辱,内心处子般,在七十八岁时意外折翼。玩笑似的挫折,虽然众人皆知,但也没有多少人费事记得。清平世界,没有利害关系,大家都很体面。没有人当面提，但他还是被烫到。一块发红的生铁一直搁在心里。云上云下都在那里，热度总不退去。整个人恹恹的，食不知味。在食料里加了最好的调制剂，喝下去就是干巴巴的糊，因为黏稠，粘在上颚和牙面。

不知道是没有经验还是迟钝，多日后他才渐渐意识到两者之间或许有关联。鹤来在屋内打转，一直转到窗帘缝隙透进的光线变成金黄才停下，望见玻璃门上自己的影子，急忙瞥过去不看。云上的他也跟着消瘦。

比羞耻更糟的就是被人察觉的羞耻。

不能再这样内耗。他要出门觅点好吃的，不但要吃饱还要打包，一连几天都吃营养丰盛的原始食物，重新回到唇红齿白的纯全模样。鹤来收拾妥当，三步并两步，从阳台跳上外面的悬挂式透明胶囊电梯，眨眼就到了楼下。外面一如既往的安静，像行走在荒岭。没有人。草木鲜艳，正是进入春意最盛的时候，叶子绿得生气盎然，更不用说摇曳的花朵，粉扑扑的，张开蕊，逗引蜂蝶。雀鸟躲在树枝间看不见身影，只有忽远忽近的鸣啭彼此应和。

日光晃晃的，照得外面更加空荡。几米外的垃圾堆里慢悠悠走出一只狐狸，瞧了他一眼，探身钻进灌木丛。鹤来记得小时候还能看到流浪猫狗，凶相毕露地抢夺垃圾。渐渐都没了。只有城外森林里的野生动物偶尔光顾。它们不依赖人，也不怕人。

鹤来小时候放养过一只流浪猫。瘦骨嶙峋,脸上都是欲望。黑白花斑驳,一道长疤横穿腹下,伤口愈合不算好,倒丝毫不损它的凶狠好斗。鹤来每天定时定点喂它,换清洁的水看它小舌头频频轻拍水面。一直忍住没给它取名字。后来证明是对的。云上生活如仙境令人沉迷,他慢慢很少出门,很少想起云下还有一个世界。最后,等他再想起那猫,已经有四十多天没去喂。他明白——到这里就是终点了。

这时代,所有事都永不会结束的样子。因为终点连同与之相关的事物一起彻底消逝,不留痕迹。而鹤来人生里第一个终点便在那只流浪猫身上落实了。

他再也没养过猫,在云上也没有。

都是好早以前的事了。为什么突然翻出这些旧账。鹤来长出口气,折进花园小径。暖熏熏的香气,绿色稠密浓郁,许多岔路在脚下蔓生,按照法国宫廷的树墙迷宫修剪,脚步兜转来去,从空中俯瞰其实不过是同心圆。他们小时候还喜欢室外玩耍,对路径烂熟,记忆留在身体里,几下穿过花园,站在街边等红绿灯。

为万一中万一,坚持工作百年的交通灯,和花园一样,被迷你机器照顾得很好。这些迷你机器定期打理外面的世界,按指定程序有条不紊,绝不马虎,虽然是座空城,却不允许它废弃瘫痪,令它如睡美人般永葆可以无限荒废的青春。

常去的山西面馆没开。他又走出三个街区，停在一家上海小吃店门口——其实是走不动了。

"哎呀，怎么不用代步器。"店员出来招呼，热气腾腾一张芭比娃娃脸。

鹤来气喘。"想走走。"

他靠角落坐下。店堂里只他一个客人。点的菜迟迟不上。小姑娘靠在门上，没有要招待的意思。鹤来拿起筷子，放下，又拿起，来来回回好几次。空气又干净又干燥，下一刻就要走电似的。他掏出墨镜搁到桌上，挣扎到最后还是戴上。眼泪慢慢从墨镜下面流出，直到落进嘴角他才察觉，慌忙去擦。

"光线太强了。"鹤来喃喃自语也不知对谁解释。

没人理他。唯一的服务员正对着空荡荡的街道出神。

菜上来了。小笼包的皮比锅贴的皮还硬还黑，油条用麻花代替。水泡熟黄豆当作豆浆。他们连敷衍都不屑。

鹤来苦笑。小姑娘盯着他脸上泪渍看。

"身体分泌物。"她冷不丁开口。

"我上次来，好像不是你。"

"大家都是临时打工嘛。"

大家可不是。大家终日云上生活，大门不出。"你是要挣钱？"

她豁开一道大尺寸的笑。"要钱干吗？"

鹤来摇头。他也想象不出答案。云上有一切。"那是?"

"为了发呆。只要在云上待着,就有好多事找上来。脑子转个不停。我想让脑子停一会。"

只有云下可以。鹤来懂她。然而他们是巴甫洛夫的狗。只要见到上传器,就不由自主将自己传到云端。所以必须走出家门。"在这里,脑子停下来了吗?"他问。

"当然。"女孩一抬下巴,"你看,生意多差。"

三

"那么久?"鹤来愕然。

他竟然在云下待了整整二十个小时?

云上的爱人们将他围在中间,秩序井然地轮流向他发难。为什么招呼也不打就消失?过去二十小时,她们在云上到处找他,不见踪影。想到他可能在云下,于是又纷纷call他,给他留短讯,全部石沉大海。她们觉得蹊跷,正聚在一起商量办法,没想到鹤来却突然出现在她们面前,没事人一样。

鹤来不知道自己离开那么久。他只是出去吃饭,回来睡觉,醒过来的时候正是清晨。云下世界粉金色的日光透过窗帘缝隙落在身上。他神清气朗,像平日里那样接通云端,刚上来就立即被爱人们围堵质问。

"你说你到底去了哪里?整整一天没了影儿。"她们问,"怎么call你都不出现。"

"一天?我,出门转转。"他憨憨地笑。

"云下出门?"有人问。

鹤来看不到是谁,倒听出声音有些紧。"嗯,出门走走,嘴馋,找点东西吃吃。"

"好吃吗?"这次是里芬。

"不好吃。"他坦言,引来一阵哄笑。鹤来在笑声里觉得哀怨,也跟着笑,他向她们形容食物怎样难吃,绘声绘色,套用典故,不吝修辞。他好久没讲得这样尽兴,讲得肉身微微冒汗。

"吃一顿饭要那么久?"穿戴中世纪盔甲的少女不买账。

鹤来也诧异,心里暗自复盘了出门这一趟的过程,中间一大段空白。这不是古代砍柴郎误入仙境的故事。他解释不了,也不想承认。

"我走回来的。没想到还挺远。结果到门口想不起密码,折腾好久才进家,到了家倒头就睡,睡到现在才醒。"细节全部属实。他深夜到家,瘫进椅子里,闷闷坐一会就睡了。

爱人们信了他的话。忘记家门密码也是离谱,但并不比闯房间更糟。

"云下，出次门多累。你一定要好好休息。"少女认定他吃了不少苦头，送上安慰人的笑容后离开。

其他人，说着体贴的话，拥抱过鹤来也相继退出。但不是全部。

剩下六个人，有里芬，有他早年结交的青梅竹马四胞胎，最后一个，他似乎认得，叫不出名字，只觉得眼睛格外好看。

鹤来长出一口气，目光从她们脸上扫过。"怎么了？"

青梅竹马的四个人，互相对了一下眼神。"我们觉得担心。""你最近一直有点糊涂。""虽然都是一些小事。""不过还是要重视。"

她们一个接一个地说，无缝衔接，流水线上装配般的精准。几十年亲密相伴才有的默契。

"就是最近没什么胃口。"鹤来避重就轻。

"嘴里没什么味道？"里芬问。

鹤来没防备，点头说是。话一出口，感觉房间里掉下一块巨石。那六个人都松了口气。

"没事的。"叫不出名字的那个安慰他。

鹤来苦笑。他知道她们在他心思够不到的地方达成了共识，而他只好等她们向他宣布。他心里灰扑扑的，想起这几天连续出丑，心里发烫的那块生铁已经冷却，只觉得沉，带着他往下坠。他不挣扎了。记得常用的名字和密码，有始有终地想一件事，曾经是多么简单随意的事，现在竟然有心无力。他做不到。好多念头，曾经都察觉不到它们的存在，使用起来如同自己肢体一般随意，现在却像蛇一般从手里滑出。

房间真空。那些走了的爱人，他快要记不住她们了。

"没事的。"没有名字的女人抱住他。柔软温热的乳房贴住鹤来的胸口。比乳房还柔软温热的声音在他耳边低回，"小毛病。没事。医院能治的。"

原来她们六个人私下聊过，疑心鹤来患了ALZ症，于是特意去查了ALZ的病理特征、患病率、治愈率，还找了一家好医院，预约了医生，就在明天。她们纷纷安慰鹤来，不过是常见老年病。治愈率接近百分百，据说一个小手术就可以。

鹤来不作声，只听。她们对他太好。

他本以为，他一辈子都独立自足，不需要谁对他那么好。

就像他以为，自己会永远健康。

做检查需要肉身相对。听说云上也有能做检查的医院，诊费惊人，没有必要。

鹤来不在意云下就诊。代步车将他在指定地点放下。小机器人将他引进医院，一步步引导鹤来做各项检查。鹤来没有见到别的人。

毫无意义的消毒水味道在强烈日光下仿佛能显形。他觉得只要自己拿下墨镜就能看见氯原子在空气里写的公式。他从一个房间走到另一个房间，仰卧，俯卧，半蹲，正坐，侧躺，脱去什么又穿上什么，筋疲力尽。在电镜成像测试床上，小机器人让他躺下合上眼睛根据指令活动身体，他动了几下，沉到昏睡里。

睡得不深。所以听见了响声：从听见到知道自己听见，最后听出那是皮鞋踩在水门汀地上的响声。

鹤来睁开眼。

"医生？"

"院长。我是院长。"

"院长，你好。"

"哦，坐起来吧。你的检查结果出来了。"院长停下来。停顿很刻意，但就像放久了的假古董，反倒有种仪式感。

鹤来起身，等着。

"ALZ症。"院长从随身屏幕里调出鹤来的诊断图，指给他看，"身体其他机能保养得都很好。大脑出了点状况。眼睛扫描图这里，视网膜神经细胞层变薄了。再看脑图，这里脑区的淀粉样蛋白已经聚集，已经有淀粉斑块，倒不算明显。我拿健康大脑对比一下，看到吧，脑沟相对宽。神经再生的速度也不是很理想，我换张动态的。你看，树突神经棘有萎缩迹象。再加上你身体运动不协调，健忘，不过还好。现在是早期，刚开始有病理变化，不严重。"

院长收起屏幕和话头，坐进对面转椅里，看着鹤来。两只小眼睛格外亮。

鹤来扭动身体。大脑被眼前这位如肉铺挑肉一般评判、挑拣。病变部位展露人前，比赤身裸体更难堪。做病人真是悲惨，毫无尊严。

"会怎么样？"

"忘记所有事情，生活不能自理。如果不治的话。"

"治！有办法？"他有些急。

"放松，没事的。我们医院治疗这个病很有经验。治疗方法成熟可靠。"院长伸展双腿，双手交叉放在肚子上，"你选好方案没有？ABC三种。"

还有方案可以选，鹤来怔住。

"方案不同，价格不同，你们患者量力而行。医院不硬性要求。"院长解释。这种话他说过不下几千次。但他只好说。虽然医院智能系统可能解释得更准确，不过他还是亲自上马表示尊重。手术虽小，后果不可逆转，好像送一个人去不归路，最后的挥手不好让机器代劳。他润润嗓尽可能讲得详尽周全，有人情味。

治疗ALZ症，最要紧就是保住病人记忆，好比从沉船上抢救要紧货物，无非是把货挪去安全地方。这地方，对记忆和人类一切信息而言，自然就是云。将病人的记忆上传到云上，再建立云和大脑的信息传输反馈就是解决之道。操作不同，效果——稍许也有些不同。院长停下，打算喝口水。

"最贵的那个，多少钱？"鹤来问。他不是计较的人，只考虑治疗效果。

"一般患者会选中间那一档。"

"最贵的那个多少钱？"

院长开口，报出一个数。鹤来哑然。他不是计较的人——在他有能力不计较的时候。

"你听我说，"院长说。鹤来听院长说。

院长说："一开始，最紧要的是把你所有现存的记忆提取出来，整合后放到记忆库。因为已经出现病灶，就必须抓紧，争分夺秒地抢救。这一步，三个治疗方案差别不大。关键是接下来，记忆库里的记忆怎样和你相连，仍旧成为你的记忆，为你所用。

"方案A，用电信号。脑子里放一块超微电极，接受传送大脑信息，调取接受信息。缺点就是慢，也不排除高峰时段记忆信息通道拥堵，那就更慢。

"方案B，在大脑制造记忆印迹，人工激活神经印迹细胞，促使它们形成记忆路径，简单说就是植入已经被忘掉的记忆。你需要使用时，直接从大脑中获得，不必接受外界电信号刺激。ALZ症的病人大脑会不断抹去已有的记忆印迹，我们就定期在大脑建立各条记忆印迹。

"方案C，黑箱操作，方法很复杂，大部分环节都是外包。把你的意识包括记忆完整上传到云上，也就是说造一个云上的你。永远告别肉身。"

"永远告别肉身？"鹤来不明白。他看向院长。

院长眼珠往旁边转，露出两块眼白。

"你的意思是永远不死——永生？"

四

永生。大概就是这样。不断向上。没有尽头。

鹤来心想。电梯通体透明，带着他徐徐攀升，微风从脚底换气机吹来，眼前风景平滑更替，平日生活的城市卷轴般纵向在他面前打开。街对面清一色拉上卷帘门的店面，探出竹篱笆的芍药，联排屋赭褐色的墙面，小型连栋别墅装饰窗户的科林式圆柱，拱廊，办公区的老哥特式大楼上赤陶石像，青铜色工字梁外墙。越过玻璃幕墙，可塑有机蜂墙，锥形顶部和锆尖塔，鹤来被带进澄澈天空的怀抱。天空从未如此晶莹，也从未如此完整，像一块巨大原石。

而他就是原石里被凝固的虫子。

没想到真的有永生。

一直就有传闻，说社会金字塔顶端的那些精英已经全部数字移民，意识上传云端，获得永生。对此主流声音严加批驳，说就算科技能够实现完整上传，上传一个人的数据量是天文数字，至少占用云的千分之一资源，嘲笑只有愚民才会相信。

但原来一直都有。

只是他不知道。

就像贯穿视野的这条地平线。他在云下从没有见过这样完整的地平线。鹤来心里咯噔。不对，他家在四楼。

又是"咯噔"一声。这次是电梯。此时金属门上下两边滑开，强劲温暖的气流灌进来。鹤来靠在扶手上。他到了顶层。难道是刚才口误，报错了楼层？鹤来两腿发软。他从来没上过楼顶。连念头都没有过。无意从透明地板看下去，街道细小得看不清楚。鹤来受了惊吓，下意识迈步逃离身体悬空的假象。他跳出电梯。先是左脚落地，右脚随后跟上。即使站定后，仍觉得身体有一部分还没跟上。

鹤来倒抽一口气。他不相信自己的眼睛，或者，也可以选择不相信自己的记忆。如果他同时相信这两者的话，就必须要接受这么一个事实。

在这个摩天高楼楼顶，竟然有一座像模像样的假山。

又是一桩他从来不知道的事。

假山不小，几乎占满整个屋顶，两三层楼高，可供人上下攀爬。主假山峰峦起伏，两侧衬有造型简洁的叠石，半抱碧绿色池塘,由电频玻璃制造出水面一样的倒影和波澜。还有——在没有真正望见它时,他似乎就已经看见了它。它一直都在,藏在他大脑沟回的某一处——那座亭。

果然是亭。

绿色琉璃瓦,黄色琉璃瓦件饰檐、脊,四角攒尖顶,也不畏惧高寒,风姿绰约地立于楼顶之上的山顶,一角悬空在外,危而不倒。他远远望见它,并不得全部,就已经忘了自己是怎么来的。只是惊叹。清清爽爽的惊叹,没有多余,苍苍清风般沁入心脾。身体跟着轻快起来。鹤来沿蹬道蜿蜒攀爬,脚下生风,不,或许是风托住他,将他往上送。最后一道转口,终于无遮无挡见到了亭。

它和他想的一样。完全一样。见到的刹那,鹤来恍惚间分不清是见到了它,还是在脑海里想到了它。两座亭的样子叠合在一起,分毫不差。

鹤来疑惑,他曾经几时,又为了什么,想象了一座亭。

远处传来乌鸦的叫声,呖呖婉转,雪片一样莹莹,被风吹成丝丝缕缕。周围更静。

鹤来走进亭中。安白石坐凳栏杆把他围在中间。他向南而坐。外面,云海翻涌,无边无垠。

"啊,什么声音?"女人问。

"风。"鹤来回。

"现在外面大风？你在哪里？"

"我在——"强劲温暖的风打得鹤来衣服乱扑。他一点也不恼。电话里，一个不知道是谁的女人盯着他问问题。他也不恼。"我在看云。"云真白。

"去看医生了吗？"

鹤来想起来这声音是谁——那个被他忘了名字的爱人——也是她坚持要鹤来出门带上移动电话，方便到时候联系。鹤来大致把医生的话转述给她听。风大信号不好，说得断断续续，但意思都讲明白了。那边听了沉默一阵，大概是在等鹤来再说点什么。鹤来没话要讲。

"你刚才说你在看云？"

"不是那个云。"鹤来看了看电话来号，知道她现在正在云上。应该要知道她名字的。他对她心怀内疚。"是真的云，天上的水汽与灰尘。"

说法不一定对。他尽力描绘了。

"在哪里？你还在云下？"

"下次带你来。"

那边沉默了。两个人都没能顺利接住话。鹤来随口一句话，眼看就要打破"爱人肉身不见"的禁忌。她最好拒绝。鹤来心想。但她没有。

"那你好好照顾自己。我挂了。"她说。

鹤来点点头，收起手机。他忘了这里不是云上，她看不到动作。不过不担心。默契在那里，就像他明白她答应了他。抬眼，亭外的云还在那儿，大团大团银白色之物，变幻身姿翻涌，在日照下显出强烈的实感，瞬息间又成了另一形态，实感仍然强烈，轮廓体积清晰，不知道在下个瞬间又会是什么样，无限种随机的可能，无限种随机的实在。

鹤来的心落进云里。他看不厌倦。每一个瞬间都在他的经验外。他的经验外是那么广阔无垠。起初的欣快和着迷渐渐散去，和叫做鹤来的这个男人一同散去。也就是说，连同他肉身的那点残缺也要散去。

像看到隧道尽头的光亮一样，鹤来预见到自己完全弥散于无形，他平静地等待着。时间或长或短。没差别。他可以等。

再次被响声侵扰。云瞬间退回到亭外天空。这次不是手机铃。有什么在动，在离他很近的地方。鹤来拧转头，重新对焦，已经慢半拍。一道影子没入亭右后方太湖石灰黑色的褶皱里，倏忽又从石头堆叠形成的孔洞里闪过。鹤来愣了一下，不太情愿地离开已经温热的白石凳，离开亭子找过去，已经没了对方的行踪。视线穿透假山缝隙孔洞，望到的只有精心雕琢的空白。他一连打了几个冷战。风里的暖意已经不再。日头西移，光线柔和下来，快要黄昏的样子。鹤来往回走，转身但找不到回去的道。明明没走出亭子几步，却已经看不到回去的路。四角亭不见了。他身陷在七窍八孔的仙石中,脚下的道蜿蜒不知去向哪里。但只有走,认准返身的方向,石径几步上几步下,左右不时出现可疑的洞穴,似乎可以通向哪里,又有岔道令人迷惑,横生在脚下。鹤来在每个岔口前惶恐,生怕越来越错。似乎真的错了。两侧叠石交错起伏,肆意变换地挤压拉伸原本属于小径的空间,忽窄忽宽的石路上,鹤来不停地斜横脚步,以不同角度侧身,时而弯腰俯首,钻过空洞,时而转胯抬腿,跨过石槛。久在室内疏于运动的肢体,竭尽全力适应当下,渐渐在跟跟跄跄中获得一点强力。也许因为身体暖和起来的关系,鹤来竟然没有觉得挫折,他甚至有些雀跃。即使在他走到绝径的时候。堆叠起的太湖山天然屏障般高耸面前。走不通了,身上被石头擦伤的地方隐隐作痛。他闻到身上热烘烘的汗味。

抬头看天。他惊了。

金色的大海倒悬在天上。波浪翻滚,燃烧,在神秘巨大的静默中与他面面相觑。

哦,是云。是傍晚。

金色余晖慷慨地洒向他。他记得昨天的云不是今天的样子。昨天这个时候,他在假山的另一处仰望着另外的云。

这个地方他来过。

就是一瞬间的事,谜一样的云下二十小时忽然可以被理解。其间隐形的十多个小时的空白,有了着落。

昨天中午从饭馆出来后,他羞愧难当地往家走,一路上气自己忍气吞声吃下半数食物,忍受着滞留在口腔中的油腻生腥,就这么闷闷不乐,一心一意地沮丧,等电梯停下,猛然发现自己到了楼顶。接下来的事,和今天一样。

今天发生的,昨天已经发生。因为遗忘,他踏进了同一条河流。

不知道还有多少片段被忘掉。不知道下一次会忘记什么。

仿佛有人一盏盏关掉他屋里的灯。四下慢慢暗下。阴影悄然围近,遮蔽诸多曾经充满他的事物。他应该慌乱,但慌乱不起来,只觉得悲凉。

五

费了番工夫,鹤来从假山下来,回到家,连上传送器,才到云上,没想到已经有人在等他。

在去休眠火山和其他人汇合的路上,一只蜜獾拦住他的去路。鹤来立刻怀疑是不是自己又进错房间,但又反应过来这次是约在公共区域,任何人都可以进入,没有房间一说。即便这样,冷不防撞见蜜獾也还是让他不安。

"别吃惊。"蜜獾开口仰着扁平的脑袋对他说。看样子它已经等了有一会。

"哦。"

"习惯就好。做动物能让我放松。"它顿一下,"你知道我是谁吧。"

鹤来认出那对发亮的小眼睛。以前听说过有人选择以动物形象存在于云上世界。类似——异装癖。"医生。"

蜜獾走近,爪子搭在他膝头。"院长。"它纠正,"不急的话,我们聊几句。"

今天在医院不是已经聊过很多?鹤来虽然这么想,还是蹲下身子,尽量和蜜獾状态的院长保持平视的姿势。

"你想好了吗?选哪个方案?"

鹤来讶然。难道动物形象会减少人的耐性。"这么急?"他脱口而出。

"你走之后,我发觉我没有强调这病的严重性。这病不能拖。好多人都以为一个小手术可以搞定。其实并不简单。不管选哪种方案,这个病的治疗时间很长。主要在前期收集记忆阶段。最快也要一个月的时间。过程繁琐得让人痛苦,也有病人因为不能忍受这个过程最后放弃了,也有病人——因为拖了太久,收集到一半,病情严重到已经不剩下什么记忆可以收集。"

鹤来还是第一次这么近看一只蜜獾。它们的背毛原来不是灰色,而是白色夹杂黑色。

"你在听我说吗?"院长的爪子稍稍使劲。

鹤来疼得差点坐地。"怎么办?"

蜜獾的鼻子朝他抽动几下。"病情每天都在恶化,忘掉的事只会越来越多。一边是我们收集记忆,一边是你丢失记忆。这是场比赛。比谁更快。要是太晚了,哪种方案都救不了你。"它停下来,大概是看出鹤来的顾虑。也可能根本不用看,病人的顾虑千篇一律。

"我给你一条路。你自己看走不走。"蜜獾说。

蜜獾的路,简单又有人情味,它说了一遍,又写了一遍,整理成书面稿,发给鹤来。

它建议鹤来尽快进行治疗,先开始收集记忆,之后再定方案。一同寄来的还有三个方案的诊费价目表,以及收集记忆的疗程说明。鹤来看完之后才知道,原来收集记忆不只是做个超精微脑成像图。这部分只作为记忆生理构架的辅助。最重要和复杂的记录工作以特别原始的方式进行——问答。题量惊人,蜜獾在邮件里警告,患者必须具备坚韧的意志才能完成。每一题都是必须的,不止是过去曾经发生的事,还有很多曲折的心理层面的问题,许多看起来没有边际,让人摸不着头脑,却是通过实验严格考证过的心理测试,通过它们才能勾勒显性记忆外的记忆框架。"总之,先缴收集记忆阶段的诊费。"院长在最后提醒他。

缴完费,鹤来积蓄少去大半。剩下的连最低规格的手术费都不够。他开始为钱发愁。这还是第一次。在云上节俭度日不难，况且他本人就清心寡欲，每隔几年花个几天打打零工，足以支付生活开销。要是意外地仍有富余就存进电子银行。仅仅是图个方便。他不作长远打算，从没想到有一天他会为钱所困。那夜鹤来在床上辗转反侧，脑海里滚过的熟人面孔，没有一个能让他开口求助。几十年的自爱，如今成了捆绑。鹤来只好去打工。

世上如今只剩下一个工种给人类——图灵员，又叫数据标注工，不难，无非是回答AI一些简单问题，喂给他们优质数据帮助他们自我优化。按复杂度和具体领域区分，待遇不同。鹤来应聘时，也闪过隐瞒病情的念头，想到自己的病历必定早就同步上传云端，也就彻底放弃挣扎，直接应聘一份简单工作。填写工作时长时，略微踌躇，还是咬牙填了每天七小时。填的时候，脸颊通红。

每天七小时。单看这一项就知道他有多绝望。长时工稀缺。鹤来轻松拿到工作。工作累人。每天朝十晚五，进到云上固定房间，看不同图像，把他对每张照片的看法输入主机，越详细越好，越主观越好。对着一张女人贩卖小孩的照片，他尽可能描述他们的年龄、穿着、彼此间关系，推测时间地点，判断对方脸上表情属性，以及讨论照片给他带来的感受。

它们就是这样要他倾肠倒肚。他不习惯。他向来话不多，且留余地。拍得蛮好的。总是这句话开头。要按他的意思，就是全部回答。但显然不行。为了完成工作，不得已干巴巴地尽量往外挤词语。它们似乎发现了他温厚的保留，越发有意引导他，不时提问。它们似乎比鹤来更洞察他的心思，更关照他心底幽微之处，不放过任何微妙的细节。它们索取，鹤来只好给予，给予他自己也不知道是什么的身内之物，不断重复地掏空自己。

一天下来，他精疲力竭。

电子存款上增长的数字安慰着他。还有就是，胸口那块滚烫生铁，如今既不烫，也不沉。它还在老地方，只是鹤来，已经感受不到。

下班，并不能得到真正轻松。他还要继续答题。缴完诊费的几分钟后，他就收到医院给的问题压缩包。解压后看到题条数字，后面一串零看得他眼球发胀。或是智力开始下降，他数不过来到底有几个零。诊费后面的零也是，仿佛要无限复制下去。题库里的问题也不难。

"就是父母名字长相，小学在哪读的之类的。"他又补充，"不过还有更细的，比如几岁开始养第一个数字宠物。"

"和我想的一样。"

"也有想不到的。淡奶油如果是凶手，第一个受害人是什么？红色代表五，紫色代表几？"

"好奇怪。"

"还有更奇怪的,不知道他们为什么要问这些。可能就是为了凑足吓死人的题量。"

"多做也会累。你觉得难吗?"

"不难,但是会忘记。"

忘记了,再想也没用。烦恼的是,因为这些题目,他想起来遗失它们的事实——本来被彻底忘掉永远不会因此觉得失落的记忆。也不必太当真,很快他就会连整个事实也忘掉。黯淡的平和笼罩着、保护着他。雪白的衣服一旦落了灰,痛惜过,就不必再痛惜。

鹤来几乎无所求。上工答题然后睡觉,这样度日。几乎不见其他人。疲惫不堪地出现在人前,强撑精神和她们玩,实在不得体。要是再忘记了人家姓名,就更尴尬。他习惯现在的寂静,偶尔也会有对话——在脑海里和假想的人对话,有一句没一句,总能疏解他的心绪,甚至理清思路。他假想的人没有面孔,不需要她是谁,不需要她美丽。有声音就好,回应他的声音。

大部分时候还是寂静,脑海里也是静的,没有声响。等到上工或者答题时,脑袋里开关啪嗒打开,马达轰隆作响,也是一种静。

做到第七天。存款上的钱刚够A方案。至于B方案,远远不够。不知道要再打多少天工才能凑够这笔钱。鹤来来来回回计算得烦躁,再也无法忍受任何问题。他喘不过气。精神绷得太紧，他好像老年困兽，努力求生，还是到了极限。他告诉自己冷静下来，下云冲了个澡，开始在屋子里踱步转圈，第三次转到门口，手落到把手，一拧一拉，人就站在门外。电梯来得正是时候，顺风顺水地，鹤来来到了顶楼。

这次日头在东边，几片絮絮的云朵点缀在青色的天空上。假山像刚醒了一样，新鲜潮湿。鹤来被蹬道带到亭中。他坐下，深深吐出口气，还是向南。这边视野好，没有叠石遮掩，一眼望去——不用费力眺望——轻轻松松就看到天空和云。今天没有风，云薄薄的，被扯出絮，不仅边缘，连中间都有空隙，最薄的地方，一缕缕交织，几乎要断开，又凝结在那儿，展示着撕裂前最后的面貌。鹤来又长出一口气，身体随着眼目舒展开。他打了个哈欠，心满意足望着云。每一朵都是谜，难以界定边际，明暗不定。最暗处应该是云朵堆积的区域。应该是吧。鹤来不去想。这个早晨，他不解谜，单纯专注谜面。风一直没来。云被定格了，定格在鹤来暂时不需要回答任何问题的时间里。

视野里，万物静止。

即刻间破碎掉。

一抹影子飞速掠过，淡得像残影，却打碎了静止，让看的人眼目刺痛。

鹤来跳起来，追过去，好像河水里一道波纹追随另一道波纹。他跨过栏杆,跳到环亭的石阶上,被叠石挡住。石灰岩经雨水长年溶蚀,好几处空隙。鹤来凑近一个孔看。影子在那儿,团成一团,驯服在假山阴影里,得到庇护般,不再挪动。鹤来匿声猫腰往下走,绕了一圈,没找到岔道,回到原先的叠石上往外望,已经不见了影子,不甘心又多看了一眼,蓦然觉察到不对:后面正对的山石有一处暗室,形貌完全不同于之前窥探时的样子。应该不是同一个地方。相应地,他趴着的这块叠石也不是之前的那块。他还没绕完一圈。果然在前面两块凸起的石头之间,发现一条窄径,窄径前高出一块石阶,他跨过去,盘算需要多久能绕到影子所在处,如果它还在的话。一想到它近在咫尺,呼吸变得急促。他变得不太像平时的自己。小径蜿蜒起伏,不断向前伸长,两侧石壁渐渐隆起,周遭晦暗下来。只有头上一线光明。他没了方向感,不知道通向哪里,感觉不到脚下的路是向上向下抑或通左通右。他似乎又跟丢了那团影子。它团作深色一团的模样像极了……

脚不期踩到石阶之间的堆土上,膝盖一软,身体斜着朝石壁撞去。响声出乎意料的大。

"小年轻,你不要怕。"老男人的声音透过他靠着的石壁传过来,震动鹤来的背脊,"你也不要老追着我。我年纪大了,跑不动。"

鹤来转过身,耳朵贴在石壁上。虽然气喘的人是他,但礼数还是要的。

"别误会,朋友,是碰巧啊。"鹤来对着石壁喊,结尾加了语气词和长长的拖音,为了不显得严厉。

"你以为我是什么?这么追。"

"我不知道。"他停下,又不甘心地加了一句,"你团在地上干什么?"

"你当我是流浪猫?"怪老头大笑。

"看尾巴像狐狸。"鹤来自嘲。回忆里的狐狸团作一团的轮廓模糊不清。

"这倒有可能。我跟你说,"怪老头压低声音说,"这块地方特别灵。你要多来。多来就知道它有多灵。周围很多人都知道。我们每天都上来走走,看看云,活动活动筋骨,走累了可以像我那样团着,说不出的舒服,也可以找个石凳坐。"

"亭子好像也不错。"

"亭子还行,也就还行。那儿看到的云也就还行。真正好的地方在假山,你要和它多玩。玩多了就知道多好玩。你也放心,这里很大。我还从来没和别人照过面。"

"你来这儿多久?"

"好几十年吧,一开始还数,后来就懒得知道了。我刚来的时候大概和你差不多大。嘿嘿嘿,你在亭子里的时候,我们都看见你了……好好玩,注意呼吸。"

话音越来越远，后面的话已经听不清楚。好像忽然吹来一阵风把怪老头带走了。他大概不会再现身，重新做回了嶙峋山石间的缥缈的影子，徜徉在周回曲折的山道，同其他那些不愿出现的影子一起，在光影交错的虚实之境里，每天和山玩，让峰岭峦洞渊壑塑造身形与步伐。

鹤来忽然变回了小孩，他真想留住老人好好问一问这山里的秘密。那么一瞬间，他忘记了这不是真的山。

"怎么玩？"他问。

脑海里无人应声。

路径不知道什么时候开阔起来，两边的石壁缓缓向后退开。新鲜的日光落到肩上，鹤来抬头。云朵闪闪发亮。

它们挪动了位置。一些远去了，另一些稍稍分开，构成独立的较为扁平的多面体，灰白部分被银亮的镶边勾勒出强烈的立体感，周围的轮廓也更清晰。在鹤来独自探入幽秘小径的那段时间，它们突然决心长大，拥有明亮形态，向鹤来展现。

不，它们不是为某个特殊的人展现的。天空上的，是面向全部人类，礼物般的展现。鹤来眯起眼睛，心里涌起一阵和人分享的冲动。没必要。大家都可以看到。这样想，他还是有点不甘心。在山上看到的云和别的地方不一样。他心怀这个天真的念头，不忍摒弃。鹤来迈步向前，果然还是不认得路，晕头转向，前几天走过的路没了踪影，又或者说经过了许多相似的地方,许多次似乎都回到了原点。来时的路退回时已经成了完全陌生的绝境,黑灰色石壁挡住去路。陡而窄的石阶走得膝盖生疼,十几步后的小平台竟然高于起点。在外面看还是普通规格的假山。一旦人在山里,人和山都变得不一样起来。山格外的大而深邃。人也因着山的空间变化有了幻觉。

他看到云落在山上,明白那是重影,大脑的幻象。错误的神经信号。云和假山重叠,波纹起伏,相应相称,在同一种自然脉络中呼吸吐纳。下一秒的云朵,下一步身处的假山空间,同步同构,然后它们将以同样的方式翻转结构,在无尽的时间长河里,往复无尽。山就是云。云就是山。他想这就对了,他一直在云里走,所以总迷路。身体不能领会空间,受挫,被刮擦,磕碰,跌倒,迷失。清丑顽拙的石山,雕琢空间,也雕琢他的身体,强制性的习得。鹤来感到痛苦,轻微的,但的确痛苦。这种痛苦中包含着一种努力,一种注定是徒劳无功的努力。但可以忍受,在整个强制性的习得过程里,身体醒了。肌肉骨骼脏器在漫长人生里被无限度地使用,作为完成动作的工具之后,终于在动作中被意识到存在。他的肺扩张收缩,他的胸腔肌肉组织起来,肋骨和胸腔悬挂在脊柱上,一个呼吸,好的,尽管短促,但是呼吸。脊柱承担胸腔的重量。髋关节产生的力向脊椎引导。

现在,俯身拧腰,骨盆的肌肉激活,韧带膝关节寻找最合适的方向。

痛苦变得轻微,被想象中的音乐代替。鹤来不知道音乐从哪里来,它甚至不是声响,即使在脑海里想象,也是无声的。它仅仅是几个序列,一连串肌肉骨骼韧带神经以不同参与方式加入组成的序列。实际上,鹤来知道,存在着无数种排列组合,等待着丰富这神秘的序列。只差一点,他感到他快要明白老头的意思,明白多和假山玩的深意。只差一点。隔着一层膜,在那边等着他理解。他不由自主想着,分了神,就在分神的间隙,一些依稀的影像从混沌里掉落出来。一些转瞬即逝,一些留了下来,比如某个人永远不远不近的背影。比如一个清晰的人名。

六

鹤来盯着斑驳墙面发愣。这栋四层板楼,破败得仿佛随时会塌。墙皮直往下掉。窗框门框黑乎乎的看不出原来的颜色。玻璃不是碎的,就是用封箱带死死封住。几块开裂的砖从墙根露出来。他来这里干吗?哦,找人。鹤来缓过劲,又不是很放心,想核对地址,但又想不起写着地址的纸条去了哪儿。上下摸索终于找到,打开看,是这里没错。

真的没错？成音会住这种地方？

那个成音？

来见成音，最主要的原因是鹤来又想起这个人来。

从楼顶回来的那晚，这个人名从黑暗里冒出来。他，还有他们的那只猫。

他和成音小学初中都在一个班上，家里住得又近，课一结束两个人就从各自的家里溜出来玩。也不需要约，每次都是在小区门口的弹簧摇马前碰头，谁先到谁就可以骑蝙蝠侠摇马。现在想起那东西没手没脚，人虓一个，诡异之极，当时却是他们争抢的宝贝。那时候他们也真奇怪，两个人不分寒暑天天黏在一起也不腻。小区方圆两公里都被他们翻遍。当年云上已经初具规模，有不少好玩事给孩子，但他们还是喜欢在云下废土般的世界里乱转。那只猫，鹤来想起来，是他和成音一起养的。他想要给猫起名字，是成音不让。他说，终归要死的。成音生来是拿主意的人。他目光长远，心思活络，总能看到更前面，给自己留一个好位置。初中最后一年，成音消失了。一点音讯都没留。鹤来并不意外。从小到大他跟在成音屁股后面，早早预感到有那么一天自己会把他跟丢。这一天终于来临。鹤来不介怀，却还是好奇——成音会去哪里。大人们告诉他，成音家里人安排成音接受脑机结合改造手术，在大脑里内置电子脑。这是当时最先进的技术，只有少数家庭能承担费用。大人们说成音家藏富,身家惊人,却住普通小区;至于成音,脑机结合后无疑进化成新人类,智力超群,稍加时日,就能晋升到人类最高层,决定他们这些普通人的未来。就算没有,他也能拥有他们无法企及的美好生活。

鹤来定定神。他心存侥幸,说服自己房子外观不能说明什么。毕竟,成音家会藏富。

这种预制板筒子楼,他只在云上特定场景见过。云下还是第一次。多少不一样,走道暗戳戳的,浮着一层油腻腻的黄色灯光,狭长得让人觉得空间扭曲。水门汀地面倒是干净,没有碎尸或者武器,令鹤来觉得不真实。他在一扇门前停下,又对了一下地址,从头到尾每一个字。没有错,但他想回去。今天的数据标注还没做完。还有记忆问答。不能再拖了。他必须尽快……他皱眉,厌恶自己以必须为名的拖泥带水。鹤来敲响门。

——他们的样子都没有变。

成音一眼认出他,侧身让他进屋,从旧式冰箱里取出两罐碳酸饮料。一人一罐。和小时候一样。鹤来心定了点。屋子清爽整洁,比鹤来的家还大一些,就是有一点不对劲。也许是屋子太亮。成音居然在白天不拉窗帘。

先沉默了一阵。男人们都在适应对方的在场。

"好找?"成音抬眼看鹤来。

"有定位系统。"鹤来啜了一口饮料,舔了舔嘴唇。甜的。他们以前在外面疯跑满头大汗就喝这。嘴唇上又甜又咸。"我还把地址抄在纸上,以防万一。"

成音笑。他以为他在说定位系统可能故障。"收到你的消息,我吓了一跳。"

这是客气话。成音不会被吓到。他从小就镇定从容,高瞻远瞩。

"云上找不到你。我费了点工夫,找到云下的信息留言箱地址,给你发了消息……"

成音打断鹤来。"挺好。"他说。

鹤来尴尬了,不知道自己犯到什么忌讳。脸上的表情在明亮的阳光里僵硬。

"你来我真高兴,好久不见了。"成音的口气软下来,面孔还是残存几分绷紧,"留言箱挺好用的。我一直用它。"

"对,没多久我查看留言箱,发现居然有你的回信。真是……好久了。不过你没怎么变。"鹤来想起来,他对他多少有一些仰慕。"说实话,我没抱太大希望,我以为你早就不用这样过时的联系方式。你那么忙——你们应该有很多要紧工作。"

成音走到窗前,缓缓打开窗。"好些?"他问鹤来。

鹤来低头。空气里一股呛鼻的霉味。他假装没有注意到,还是被发觉了。成音小时候就很照顾他,许多事会替他挡一挡。鹤来愈发觉得他来对了。希望像头野兽直往外拱。鹤来不自觉抖起腿,越抖越快,椅子跟着颤动,发出响声。未免太失礼。他按住大腿,拿上身重量去压,五指陷进肉里。那条腿剧烈反弹,突然发动的马达般震颤。

成音按住他的腿,嘴里说着安慰的话,竟真的让鹤来停了下来。"以前我妈住在隔壁的时候也得了一样的病。我偶尔会过去帮帮忙。"

鹤来心想这样好,成音知道他的病,省得他告诉了。他一下子卸去重担,松了好大口气。人也找到了,情分也在,对方也知道自己的情况,就只欠一件事——开口。不着急。再等等。他抬眼看成音。成音也在看他,似乎已经明白他此行的目的。

"添麻烦了。"

"多久了?"

"这样,还是第一次。"他们俩的姿势一直没有变。鹤来侧开目光。

成音还是盯着他,几乎贴在他脸上。"你找我什么事?"

鹤来开不了口,内心迂回。他回到记忆里,搜寻尽可能温暖的细节,能在此时此地连结他们,跳过几十年的隔阂,好让他开口问这个旧识,他现在唯一的盼望——借钱。

借钱,这两个字烫到了他,鹤来脱口而出:"你和别人不一样。"

成音起身,退回自己座位。"我和别人不一样?"

"我们在云下就认识了。而且你一直很照顾我。"

"我是一直很照顾你。要是可以,我现在也愿意继续照顾你。"

"你可以的……"

"鹤来。"成音高声打断他。事后鹤来明白过来这喝止是出于厚道。"鹤来,你没发现这房间里少点什么吗?"

——传送器。这里没有去云上的机器。所以鹤来一进屋觉得屋子奇怪。

他不由惊叹成音已经可以不用辅助设备就能上云,而且还是不留下任何记录的云。他此刻正对的,是个地地道道的新人类,拥有他无法想象的智能和感知。所谓过去,不过是他一厢情愿以为的连接。鹤来苦笑。他不该来的。一辈子的自洁与骄傲毁在这里。胸口的铁块沉甸甸的,令他坠入熟悉的隐痛里。他活该,想走捷径,或者更糟,是贪心,奢望能做最完整的记忆手术。

"我最近脑子不好使。"他自侮。

成音不说话,只见他单手举过头顶,拽住头发往上提。手再落下时,手里多了一顶假发。成音缓缓抚摸假发,如同那是怀里一只小猫。光秃秃脑袋上浮动暖色光晕。他那时也这么抱过他们一起散养的那只小猫。黑白皮毛,瘦骨嶙峋。

不是这样的。成音说。不全是鹤来想的。他边说边从口袋里掏出小乳胶管,往耳后根黑色孔洞里滴深色浑浊液体。他低下头时,黑色孔洞正对鹤来洞开,像水蛭的吸盘,吞下整个小乳胶管后,缓缓合拢。成音抬起头,对鹤来笑。他是故意给他看见整个过程。

鹤来大致了解脑机手术。不需要这样兴师动众的创口。难道是手术失败?

不是这样的。成音说。不全是鹤来想的。他告诉鹤来手术很成功。植入小小电极,从此升仙登天。电光石火间调取信息计算处理,万事通晓运筹帷幄。顺利通过测试进入高阶,同时进行多部门协同管理。薪酬也不错。他才十六岁,未来闪闪发光,每一天都像被熨得平整顺帖的领带。

后来呢,鹤来问。

后来就变了。程序一直在升级,性能优化,他大脑里面的硬件渐渐跟不上。三年后不得已做了电极增补手术,付出昂贵代价,不惜把自己搞成这鬼样子,但也就是勉强拖了两年,实在无力应对,终于不得不从岗位上退下。

"就算退下来,他们也要对你负责到底。当初可是他们号召组织大家去做脑机结合手术。"鹤来不平。

"手术的确成功了。而且,是我们自愿申请。你知道当时有多少申请者吗?录取率百分之零点六。"成音的脸被什么东西点亮了。但那东西燃烧得太快。

鹤来没有再问。就算用他不灵光的脑子,也明白发生了什么。

他被淘汰了。本来还能做做普通工作。但没过几年,脑机结合技术停滞,"云"却全民普及,几乎零成本使用。谁都可以,除了脑机结合者。大脑功能不匹配。他要是再等等就好了,抢先起跑,却选错了跑道,跑到了技术发展的岔道上,被彻底放弃了。

眼前这个人,连云都上不去。不说社交工作寻乐这样那样的需求。自有"云"开始,这个人就不存在了。不,应该说,他根本就没存在过。

我至少还活过几十年。鹤来觉得羞惭,他真的不该来,他这么来就好像是在嘲笑成音,这个他曾经追赶不上的同伴。

"我最近在打工,做图灵员。"

"挺好。我之前也申请过,没通过。"成音转过头,对着水门汀地板出神。半张精致面孔浸淫在斜阳里。鹤来小时候一直觉得精英只长着一张脸——成音这样的脸。

"生活还好?"

"基本保障有的,云下生活——我好久没跟什么人说过话了。你来,我很高兴的。"

鹤来被刺到,好像一把长枪刺入眼眶向上一掀,头盖骨一分为二,一时间不知道哪里该觉得痛。他不怪成音无故约他来这。"你妈现在怎么样?"他问。

成音嘴角咧开。"我脑转速算慢了。你比我还慢。"

鹤来哽住,不再说什么。成音也是。

两个人一起盯着越发昏暗的光柱发呆,好久不作声。那是真的安静。成音的安静,和鹤来的截然不同。如今他,亡灵样孤绝在云外,独自一人活着,没有人记得他,包括鹤来。

鹤来站起来告别。"我走了。以后还来。"

"要是你能记得。"成音扶正头上的发套。

回去的路上,鹤来经过上海小吃店,随便点了几个吃的。小店生意冷清,上菜慢,而且极其难吃。他吃了一两口脸黑了,立马结账走人,出门天已经黑了,他上代步器,飞快把小店抛在身后,没料到油腻生腥的味道滞留口腔久久不去。味道和食物如今都在他体内,人即使离开店了,却无法和它们真正切割。一想到那些东西已经进入他的身体,鹤来觉得自己如同被污染的数据源。

他不能就这么回去,回到家里,或者回到云上。

鹤来胡乱走,十字路口绿灯在哪儿他就走哪儿。嘴里的味道不断刺激着他,心里的那块生铁越来越烫。吃个饭都吃得那么狼狈。他忽然整个人抖得像疾风里的树叶,沙沙作响,瘫靠街边栏杆,等大风过去。心里一团漆黑。睁开眼照样漆黑。

不，却又好像不是。隐隐地不对劲。他怅然若失。好像不知不觉丢了重要的东西，却不知道是什么。

但好歹，他好像又是他了。白衬衫下的灵魂重新附体。

他渐渐想起自己是谁。四下张望。半生半熟的景物。他认出了树墙和花园，认出自己住的楼，从晦暗的河流里捡起和它们相关的碎片。

鹤来走进电梯。

那天晚上，鹤来做出决定。决定一做出，鹤来失声大哭。泪水打湿了他的羽毛。那些再也无力爱惜的羽毛，黯淡了，湿答答黏连成形态不明的泥泞。

七

"我决定了。"

"你怕了？"

"不能拖了。我昨天差点忘记怎么回来。"

"决定手术方案了？"

"不管哪个，等到记忆收集完，我就立刻动手术。有多少钱就做什么样的手术。"

"哪怕是最差的那个方案？"

"最差的是什么都忘记。"

到那个时候,他就彻底被流放到人类世界之外。鹤来没有点明。即使对脑海里的声音他都保留。一旦说出就会落实。他惶恐。

"还好?"

"好不好——"鹤来霎时醒过神。这是实实在在的声音。的确有人在跟他说话。他的情人,媚眼如丝却没有名字的那个,从云上给他发来语音留言。他好久没有和云上旧识联络。云上情谊从来轻盈不牵扯,互相尊重。她们尊重鹤来独处的心愿,也不来干扰他。但或许没那么复杂。只是单纯忘了他。两两相忘。多好呀。免得他愧疚。

只有她。

鹤来的回复写了删,删了又写。"挺好。"他回。

"哎呀。"那边回复立刻反弹过来。也是两个字,还是语气词。

"昨天去看小时候的朋友。云下的朋友。"

"哎呀。那很好。他开心吧?"

"我们说好下次还见。下次,我们见吧。"

话落进漆黑深洞,很久之后,才传来她的回复,飘飘荡荡由远及近,只一个"?"。

"我想好了,尽快做手术,有多少钱做什么样的手术。做手术前,我们见见好吗?我带你去看云?"

又是好久。"你定时间吧。"

本来想在电梯口等她,转念还是回到亭里,坐在老位置,耐心把屁股底下安白石慢慢坐热。今天的风不大,却仍是有。今天的云又不同往日。远处雾蓝色茫茫一片,几乎难以界定,还以为远处天色不平整,到跟前渐渐散开,疏落有致,蓬松柔软,像糖。他静静坐着,身体舒展敏锐,觉察亭构造的复杂空间。亭顶四条垂脊向上交汇于一点,抹角梁同趴脚梁结合,亭柱规整排列,风穿堂而过。

亭并不在山顶中心,偏立于靠大马路一侧。如果从那儿向上看,能看到高层鹅黄色马赛克公寓楼楼顶上,这样一座假山,叠石峨峨,错落凹凸,山顶朝外一侧高翘的亭檐悬露,倒也不觉得危险。一山一亭,与周遭避雷针卫星天线水箱冷却器面面相对,倒也还好。

楼上有座山,山上有座亭。鹤来就是这么跟她说的。她无声地笑,了然他笨拙空洞的梗。

马上就能见到她的笑容。

她来了,沿蹬道缓慢走进,从小小的人影扩大到面前真人大小。是真人无疑。一张脸粉白无瑕,骨架纤细,戴着墨镜,没有半点现代样子。她真单薄,脚步又轻又飘,靠着手中的拐杖才能准确踏上蹬石,终于走到跟前了,她微喘着，呼出暖融融的气息。一时间风声都安静下来。

"久等了。"

"没有，没有，我也刚到。"

按古时戏本里的固定套路，两个人都稳了稳心神。她的气息渐渐平和。鹤来又默数到九，才开口："就是这里。"

"吓了一跳。"她仰起脸笑。

鹤来也笑，轻轻拉住她的手。一阵酥麻。这是在云上牵过上万次的手，此刻却让他前所未有地晕眩。他差点脱口而出，做愚蠢的邀功。"我记起你的名字了。雯歆。"当然不行。他单单念她的名字，舌尖停在上颚，无限眷恋。

"我和云上的样子像吗？"她问。

鹤来愣住，怎么也想不起她云上的样子。

"有一件事，我想让你知道。虽然没有必要。"雯歆抽出手，摘脸上的墨镜，露出藏在后面的轻度茫然，还有一双形状姣好的眼睛。漆黑的眼珠覆上厚厚白翳。"我在云下，是个盲人。"

鹤来瞧着她紧握在手的拐杖。

"要是需要出门，我会戴上义眼。图像粗糙但足够用。不过今天我没有。"她微微一顿，像是在积蓄力气，"鹤来，我想你记住我现在的样子。鹤来。"

"好。"

她仰着空白的面孔，侧耳倾听他的声音，在风中捕捉他回答的长长尾音,还有凌乱细碎的气息。她折好墨镜放进口袋。"七八岁的时候,听大人说有实验室找到治眼睛的方法,已经可以进入临床研究。但是,已经有云了。大家都说云上能看见就好了,云下怎样都可以。没有投资人肯投资。只差一点。"

"ALZ也是。"鹤来说,"不单疾病治疗,好多事都是,突然刹车,转向。既然有了云这样的好去处。"

她空出的手终于落进他的手心,像飞了很久的蝴蝶。一点点热度。"我们在高处吧。"

"很高。"

"跟我说说是什么样的。"

"我们在一个亭子里,亭子在假山上,假山在楼顶上。往下看,许多屋顶。各种各样。"他开始给她描绘散落在下面的屋顶,约旦多边穹顶,八边形十字屋顶,钢结构椭圆形壳体穹顶,带蜂巢形灯饰的筒形拱顶,还有平淡无奇的长方形队列,大部分时候是水泥、卷材和钢化玻璃组成,也有茅草和植被。他越讲越快,越讲越发现新的细节迫不及待要告诉她。突然,他停下来,看着她嘴角漾起的笑容。"还有,四面都是云。"他说。

她被最后一句话吸引。那双雾白的眼珠紧紧盯着左前方的上空,随即转头向另一个方向,再另一个方向。她执著地向四周投去目光,似乎真的看到了什么。"好像有人在看我们。"

鹤来飞快扫视周围。没有见到人。也许是那些老头。他们和他们飘忽的影子属于这里,终日嬉戏在这一堆堆瘦漏皱透的石头中。"没有人。不过有时候,楼里的老人会上来爬假山,松动筋骨。"

"松动筋骨?好久没听到这个说法了。"

"这座假山很奇怪,有的地方一旦进去了,要费很大劲才能出来。下次再去,还是会迷路。每次都好像是初次。每次,在这个地方走,都能记起点什么。怪奇怪的。"

她立刻明白鹤来也有松动筋骨的爱好。"我就说你一定是找到了更有意思的事,所以才不到云上来找我们。半个多月都不出现。"

"没有,没有。"明知道是假嗔,鹤来还是紧张。一紧张,就容易错。"我在打工。"

不该提这些务实的事。气氛凝重起来。她露出愁容。她应该已经猜到八九不离十,猜到他手头缺钱,但又不能再说什么。这年头,大部分人手里都不会有什么积蓄。

"手术费已经筹得差不多了。第一种方案肯定够。"

"甘心吗?那怎么能算是记忆。老远的一个地方传来一个电刺激,由它告诉你面前的人是谁?你要去哪里才能找到汤勺?怎么去开传送仪?"

鹤来一愣。他没想过这些。之前只是担忧传输速度,他不愿在人前显得迟钝。"被你说得真惨,像台机器。但我不是接收指令。决定还是我自己做的。"

"你会忘记怎么做决定。到那时候就没区别了。"相处几十年,她第一次打断他的话。

鹤来迅速做了个简单运算。九天。只要再做九天的图灵员,就可以筹齐B方案的手术费。如果每天多做几个小时,一个星期不到就有钱做手术。他把自己的决定告诉雯歆。雯歆问是不是就是定期在大脑制造记忆印迹的办法。鹤来知道她一定是悄悄查过资料。他把她拥在怀里。她的身体柔韧坚实,毛茸茸的发际线,藏着小小的骨节。裸露的肌肤贴在一起,热得出汗,四下明晃晃的天空,一切真实得令心脏猛烈收缩。他感到疼,又同时感到他怀里的身体,如同火焰的外衣,安慰着这颗疼痛的心脏。他用了好大力气才喘过气来。

他们的身体略略分开。他们慌忙别过脸去,看其他地方。这突如其来的羞涩,让云上热烈极致的性爱突然单薄成身体练习,不及刚才的拥抱更让肉体激动欢愉。

"等存够钱,你就去做手术?"

"只要到时候我还记得去做手术。"

"我提醒你。"她有点心神不定,"只要你还记得我。"

"雯歆,你在担心什么?"

她少有地沉吟了片刻。"你听说过两棵枣树的那句话吗？"她问。

屋前有两棵树。一棵是枣树。另一棵也是枣树。为什么要这么说？人看过去的第二棵枣树不同于第一棵枣树，他先认出那是枣树，又记起第一棵枣树，知觉到眼前这棵树不同于第一棵。至于看第一棵枣树时，也要调动记忆，从抽象意义的枣树里认出眼前这棵树。其他事也一样，不存在没有记忆的知觉。好多时候记忆甚至代替了实际知觉。以为是在当下知觉，却不过是回忆先前的形象。她说她最近常常想人的思想、人的知觉、人的情感，都有记忆难以察觉的参与。人们觉得记忆是一座座脑海里的岛屿，但记忆可能是海，或者说是水分子，只有明晰可辨认的意识露出海面。

她说记忆不是死物，固定不变，它也生长改变，黯淡褪色或者增加进新的明亮的元素；她说记忆会变形，会不真实；她说她担心给的固定记忆都是假货。那样的记忆，激不起任何真实情况。也许，一个人爱另一个人，只是因为他记得他爱过她。

鹤来听雯歆说。破碎不周全的词句，却有敏锐洞见在里面。很多事他不去深想，只做简单的选择和应对，也许这也是他的记忆在暗中唆使。雯歆还在说，语速更快了。她的声音如微风，或金黄色摇摆的绒毛，在高处的风里急摆。鹤来想到这些天她一个人一直在苦恼他的事，心再次隐痛。

他安慰她——没事的。

"万一他们设置你的记忆程序有问题呢？"

"那就用我自己的程序。"

八

图灵员鹤来，现在每天工作九小时。

然后，他上到楼顶，在那里度过一些时候。和雯歆见过之后，他忽然轻松很多。

旧事已过。他们都明白，手术之后，他就是一个新人。带着不变的记忆，无数过去的形象，假装仍然活在现在。

那已经是最好的出路。图灵员鹤来不作其他假设。他要抓紧时间，和时间赛跑。

没有人打扰他。雯歆来过之后，云上再也没有消息。无论是她还是别人。

答的题已经全部交出去，感觉多少有点奇怪。此生所有的记忆如今已经交在别人手上，因为每天难以避免地持续忘却，也就是说，那只蜜獾，不，那位院长，拥有了比鹤来本人更完整的记忆。他也只是很偶尔才会思考这些问题。大概是雯歆到访的后遗症。思想常常会飘到奇怪的地方。但只是极其偶尔。

鹤来感到平静。虽然昏暗一天天逼近，曾经熟悉的事物都向他背转身去，但未来清晰可见。他只需要关心一件事，电子存款上的数字。实际上，他连唯一关心的事也不关心。自动化的沉寂中，仍有一丝裂缝。不完全的平静。

每当工作结束，身体就把他带到楼顶太湖石的秘境里。即使在之后他已经忘记了假山，身体仍旧出于惯性将他带入其中。他一再地发现它，惊叹折服，哪怕渐渐地已经无法从黯淡模糊的过去中辨认出它。不妨碍。

只要到那儿。进入树状链接和网状链接的可能组合中的一种。从每一次岔道口的选择中生产出新的迷宫。他热爱这异质的偶然性游戏。他曾经试图去计算，多少个路径分支、多少个绝境空间，多少条综合交错的曲径，却陷入辨识的泥沼。忽然间，路径与路径，空间与空间，彼此合谋，彼此相像。

当局部空间与整体空间的逻辑变得可疑时，神秘与遗忘忽然间可以互相饶恕。你不知道，这一次迷失，是因为遗忘，还是因为没有理解，或者根本无法理解。

身体并不因此受困。它甩开鹤来，自行其道，跟着空间形状而改变，它储存了过去的行动，连接了现在与将来。无数瞬间组成的过去，绵延进了此时，接连不断驶进未来。对运动的身体而言，混沌中有了秩序，因为重复不单单产生力和美。幻影般的形象随之而来，受到召唤：当空间要求重复相同的连锁反应，前一个动作完成后，沉淀在直觉里的下一个动作立刻做好预备，伴随着，意识深处晦暗幕布前，一些形象，闪烁游离，出现，破碎，然后消失。

总是从一双女人的手开始。或者说总是从延展到电梯口的踏石开始。在那里，手的形象从意识深处晦暗的海面浮出。纤长洁白，不缺乏凸出的小小骨节，青色的血管。这是一双热烈抚摸的双手，阴火一样一寸寸烧过他的脸颊，他的身体。"鹤来，不要动，让我好好看你，我要记住你现在的样子。这是你的骨，这是你的肉。"那双手说出最后一个字，激昂得像一记告别的鼓声，之后，沉入暗色的海面。

无影无踪。

鹤来不停步，他的身体分解成连续不断的姿势的集合，流动着——作为总体；每一个单独瞬间里，运动的身体占据的空间和空间本身产生关系，它与假山的形态互动，通过种种无助的触碰、无效的试探、阴影在它身上的移动或者光线的突然失效而证实自身，连同存在它之中的过去的生活细节。

形象，或者幻影。它们就这么出现了。

深海上的一个个小漩涡。

爱人们的名字和脸庞。母亲做的最后一顿早餐。细碎的花影。同伴脚踝上的伤口。他蹲着的背影。被晒出无数细缝的干裂泥土。夏日公园里蜜蜂危险的靠近。呛鼻的寒冷气息。他藏在角落里半途而废的油画。可笑的是，在云上某个地方，他藏了同样内容的油画，同样没有完成。还有数字，以形象的形式出现的数字。某个人的生日，或者，愚蠢的幸运数。它们幽灵般从海水里探出，带着湿漉漉的光。稍纵即逝。无法捕捉。

但被它们环绕，是一件如此幸福的事。

鹤来的脚步，一定会在某个时刻获得轻盈。

绒毛。动物温暖皮毛填满指缝的感觉。他的手从它的嶙峋背脊滑过。它的身躯迎合着还是对抗着他的手。一股惬意却充满激情的力量。它有黑白皮毛。它有尖牙利爪。

它被提起来，摁进河里。抓住它的两只手一同沉到水下。河水激动浑浊。那天下午格外安静。阳光透彻。成音蹲在那儿，一动不动。水光晃进他的眼睛，晃到河面破镜重圆。他的手一松，像条伤痕累累的大鱼，跃出水面。成音抬起脸，看向鹤来。他说了什么，对同样十几岁的鹤来说了什么，关于生命的走向，时代的噪音，进化道路上一些被抛弃的和留下来的。

鹤来停下来。日光劈头盖脸打在头上。

是否存在真的遗忘？

九

有一天,在云上,一只蜜獾找上雯歆,问她有没有鹤来的消息,他说他是鹤来的医生,也是医院的院长,一直联络不到鹤来。这个人一直没交手术费,也不来复诊,是不是遇到了什么事。雯歆联络鹤来所有的爱人朋友,结果所有人都以为他已经做了手术,都在盼他伤口早日愈合,回到云上和她们相聚。

没有人知道他去了哪里。云上彻底没了他的踪迹。蜜獾似乎并不意外。他知道的比他看上去知道的要多。否则他也不能找到雯歆这里。"他的家你去过吗?"雯歆问。蜜獾说当然。那楼上呢?她差点问出口,连同鹤来流连假山秘境的事一起告诉,可隐隐觉得,还是不说为妙。

蜜獾没有要走的意思。雯歆准备切换场景去其他地方,被蜜獾拦住。他直直盯住她。小眼睛又亮又深。

"虽然没有做手术,但他还是预定手术了。"

雯歆骇笑。他来找的不是病人。"我也没有钱。"她直言相告。这年头,大家都没什么积蓄。

蜜獾笑。"你确定?"

雯歆立刻调出电子储蓄卡,怔住。

小数点前一排数字,她差点没数过来。鹤来把钱打给了她。

"所以他不会回来了?"她问。

"从哪里回来?"蜜獾问。

雯歆摇头。

"还是第一次遇见这样的怪人。做个小手术都搞得这么复杂。"蜜獾抱怨。

鹤来最后的寻常生活是在哪一天终止的?

某一个时刻忽然降临。于是他做出决定,转身离开,隐没向深处。

后来不止一个人,他云上的爱人们,包括雯歆,亲身去鹤来的家中寻访。门始终虚掩,谁都能进。屋子里没有人,却有不少人生活过的细小痕迹,就像那种主人暂时出门的屋子。访客尽管困惑,却被屋子里的气息安慰着,他们离开时并没有觉得特别伤心。

雯歆是唯一去了楼顶的人。

假山还在,亭子也是。还有云。

在她的义眼给出粗陋的画面里连成一体。清丑顽拙的神秘空间。似乎在前一秒刚刚成形。开天辟地般的新。

她没有在那里看到任何人。她想象着鹤来身在其中。上上下下一层层空间,半遮半掩的出口与洞隧,他该如何轻盈,获得过去的精神细节,用身体转写,同这片云一起构成庞大复杂的网络。

也许，还有其他人。

"一切都会是你的，包括所有天空，所有星辰，如果你能与远处的光芒相辉映。"

一片影子从前面掠过。也许是云朵的投影——她想——那种边缘明亮的云朵。

雯歆打消了跟上去的念头，转身按下电梯键。

快活天

序

这个家,好像刚刚经过一场大火。

等她发现时,烟雾弥漫集结,凝固成一块块不规则灰白色团块,堆叠填满房间空隙。

起身从它们中间穿过,好像掉入秘境,心里几乎欢快,一头扎进乌云——大火向内的余烬,皮肤受到来自四面八方的轻微压迫,温暖且不均匀,凭此甚至能猜测团块的形状。那么大的烟。她应该焦心,急着找到火源,搞清楚到底发生了什么。然而步子却是坚持慢慢试探向前,一步再一步,将这份焦心拉得很长。

不见明亮危险的光焰。连烟雾都静止。大火过后的安详景象。室内空间陡然变得陌生。墙壁、家具、家电,乃至天花板全部后退,躲进团块中,看不清焦黑还是变形。她记不起它们的样子,判断不了它们的远近,也吃不准自己走到了哪。在灰白色团块中间前进,稍微一个大动作,就会撞到什么。她这么担心着,结果砰的一下,真的撞上硬物。轻微的酸麻顺着小腿胫骨自下而上传到脑。仅仅是比碰触稍严重的撞击。但还是撞上了。大概是冰箱,但也可能是墙,或者有机物运输管道,分子合成柜。

这套六十平方米的二居室,她住了十二年,如同老友般熟悉,一直自信闭上眼也能自由行走其间——欣敏快快收回脚。四下更加安静,好像安静的中心发生坍塌。

她探出手,盲人般摸索,进到厨房,闻见那香气。香气浓郁强烈,不均匀附着在沿途各物。它应该早早就有了,进到她的鼻腔,她却罔顾,一心想着扑灭火源,回过神时才惊讶这气味的诱人:温暖,有力,使人陶醉。这是糖与氨基酸经高温分解后生出肉的香气。

没想到两块冷冻鸡肉能有这么大的能量。

她站在灶台前感慨。

锅盖掀开,等热气散尽,煮锅袒露出几乎全部焦黑的干燥内壁。锅底躺着两块东西,同样焦黑,严重碳化,几乎很难发现。

——但真是香。

炉灶的加热电源早已经切断。空气净化装置也在她踏入厨房时启动。堆叠聚拢的灰白团块失去形状、颜色、浓度、重量。风扇转动,气流加速循环的噪音里,她熟悉的世界又回来了。

清洁，舒适，雅致。薄荷色现代生活。这是小壹——这个家的家庭主脑的功劳：有它在暗中操持，监控每个角落，实时观测各项指数，控制家中大小电器，家里才会有条不紊。小壹会计算，有分寸，思虑周密，比人以为的还要周密。它应该从一开始就察觉到异样，立刻启动空气净化装置，但是它没有。它想让她认识到后果的严重性，欣敏想。

欣敏明白小壹的用意。她想自己已经吸取了教训。

但是要到很久后，欣敏才会明白这场"大火"的真正意义——那是她人生华彩章节的郑重预演。

一

你厉害。小零在那边笑。

可是真的香。我以前都不知道鸡肉能那么香。欣敏忍不住惊叹。

好吃吗？味道怎么样？

全焦了。没法吃。黑乎乎的。

倏忽即逝的停顿。没事，把焦黑的部分去掉，剩下的部分人可以吃。我刚查过。

欣敏不接话，低头团手里的纸巾。

哦——家里现在怎么样？烟都吸干净？

没留下什么味道。空气净化系统处理得很好。欣敏把纸团摊平，对角折，再折。聊天时，她喜欢手里有点东西可以摆弄。

晚饭怎么办？速成餐对付一下？

她不说话，把纸团再次在大腿摊平，拿手盖住不成样的纸，用上半身重量去压，褶子仍旧在。

小零停下，以示深思熟虑，然后发问。害怕吗？

她回想那时，是应该去害怕。还好吧，冷静下来想，真着火也不是这样。

没错。你确定身体没事？要不要做个体检？

应该不用。小壹它有分寸。

是哦。如果有害气体超标，小壹就会启动空气净化器。我帮你预定速成餐吧？这个时间预定要排队等很久。小零提醒。

欣敏有时候会忘记小零是这个家里的聊天机器。扬声器那边并没有灵魂在。几年交流下来，它已经完全适应她，根据她的用词偏好和节奏演算出对话模式。大概，还有别的。有一次它告诉她，它很喜欢小零这个名字。

她随便选了两个套餐让小零预定。它给出另外两个选择，为了平衡早上的膳食，补充今天电解质和纤维。这是小壹的意思，通过小零的语音系统发言。作为这个家主脑，小壹有权限介入到所有系统的操作，综合做出最优选，迅捷隐蔽，不会有人意识到这个环节。除了进入聊天系统。每次小壹用小零的声音，欣敏都能立刻分辨出来。——那感觉就像借尸还魂，同样的声调下面藏着另一套算法，以及更大的权限。她朝小壹的位置看去，一个方形黑色硬盒，不比鞋盒更大，放在床头柜安全一角。她知道小壹也在"看"它，从四面八方。两居室里标准配备二十八个电子眼，同步向它输送即时影像。

怎样？你觉得好吗？扬声器里传来小零的声音，小壹的问题。

欣敏接受了建议。

发个简讯给卢硕，告诉他晚饭吃速成餐。

好，还有别的什么要说。

没有了。欣敏回答，把纸团收进围兜。

速成餐来了。

管道震颤，像花的茎管痉挛，但更机械，啸叫声从管道深处传来——在那不可知的黑暗里发生了怎样的革命——依次吐出不同颜色的膏体。欣敏拿托盘在下面接住它们。每种颜色对应托盘上不同形状的模具。斑驳白色是杂粮米饭，绿色的放进菠菜叶和生菜叶模具，桃红夹杂粉白细长条纹是三文鱼块，粉红色放进虾仁模具，焦糖色的——有点多了，南瓜块的模具不够用，多出的就放进土豆块模具，反正南瓜块和土豆块状差不多。盖上盖，放进多功能加工炉等着。

取出第二个托盘。检查模具形状，发现还在上一次使用的模式里，没有清零回到原始档，有三个和今天选定套餐食物不对应。触摸激活托盘显示屏，手写输入模具形状。虾仁改成牛排，菠菜改成芦笋，最后米饭改成意大利斜管面。等托盘准备就绪，定时供应管道接受主脑的命令切换到下一个套餐的制作。感应到托盘出现在管道口，膏体和之前一样，有序地从管道里冒出来，被按照颜色放进不同食物的模具。

盖上盖。放进多功能加工炉。预设启动时间。这样就好了。轻松一餐。

欣敏在围兜上擦了擦手。阑尾一样的动作。她从谁那里学来这个无意义动作。整个过程她的手只碰了托盘和按钮还有显示屏，之后也不需要碰什么实质性的东西。不需要真正用到手。但手却自行在结束时做了清洁动作。仪式感远大于实用性。也许是围兜教给她的。谁发明的围兜？一代又一代的围兜教给一代又一代的女人如何使用它们。围兜本身，不也是阑尾一样的存在？

家庭自动化全面普及的时代，被主脑从家务中解救的女人还是习惯穿上围兜，度过她们在家的时光，就好像那些观看虚拟沉浸式球赛直播的男人们，总喜欢在头上戴一顶真的球队应援帽。

纺织物是亲切的，尤其当它们可以穿戴在身上，碰触皮肤以及由此带来的温暖总是让人眷恋，让人怀念起襁褓。男人们大概不愿意承认。他们比他们想象的更怀念婴幼儿时期。否则，怎么解释纺织物这样的低科技产物到今天还没有消失。

人类需要阑尾。

十二点过五分，楼道响起咳嗽声。门应声开启。其实卢硕不用费力干咳。门外的红外监控能够根据步态和头像认出他下达开门指令。欣敏跟他说过，他自己也知道，但每次到门口都要弄点动静。

多功能加工炉开始工作，令人安心的蜂鸣声浮游于寂静之上，在二十二摄氏度的清新空气中漫散。等卢硕洗完澡换上家居服，饭也好了。欣敏取出托盘，一手一个，侧身经过卢硕。家里走廊长且窄，两个人都在就会被贴到一起。

大间里餐桌立起，一切就绪。两人相对坐下。托盘前各竖着一块老式微型显示屏，播放他们爱看的内容——毕竟，一起吃饭的时候还沉浸在各自的全息娱乐节目里就太不像话了。欣敏看脱口秀或者情景喜剧，小壹知道她喜欢视线偶尔偏离也不影响观看的类型，也知道她喜欢让人开心的节目。卢硕那边放的多数是行业动态或者八卦。他热衷接受最新资讯,让小壹买了许多VIP会员。

两人戴上蓝牙耳机,坐下吃饭。中途,手机振动,有消息进来。卢硕拿起手机。

"家里是不是着过火了。"他摘下耳机问。他刚收到家庭异常情况通知。按照规定,公寓发生初级事故,主脑必须向安全部门报备,然后在三小时内向住户发送短信。

"不算。没有火。烟大了一些。水煮鸡肉把水煮干……"

"东西没烧坏就好。"

"没有。"

"是不是不严重,好像没闻到烟味。"

"嗯,不严重。"

欣敏左手合上右手手指。掌心里两枚纽扣状的蓝牙耳机像两颗沉静的心,不会再跳动。

卢硕突然放下刚拿起的筷子,重新抄起手机点开某个页面。

欣敏看他。

"要是小壹把你这事当事故上报,明年的家庭保险额度是不是就会上涨。你记得吧,我是不是说过速成餐就可以,我吃什么都一样,没必要做什么鸡肉。"卢硕喃喃说,一边视线游走,没多久松软的脸上露出释然表情。他放下手机继续扒饭,目光再次锁定桌上显示屏。

托盘模具里的食物加热后非常逼真。（据说速成套餐为此花了大量经费研发。）欣敏替它们可惜。卢硕吃饭时不看食物。总有比食物更有吸引力的内容等待他关注。至于吃的，他本来也没有什么兴趣。端在面前的是什么都无所谓。他当任务完成，好比电池充电。

所以，也没有什么可以抱歉的。无论用速成套餐应付，还是差点烧掉这个家。

欣敏又想起那块鸡肉的味道，只加一点盐和胡椒就已经很好吃。牙齿咬进紧致有弹性的肉里，尤其是金黄色部分，更有风味。原来水烧干了，做出来的就很接近烤鸡肉。她慢慢咽下嘴里黏糊糊的速成三文鱼。也许她可以真的在家试试烤肉，可以问小零，或者阿姆，依稀记得阿姆以前带她冒险吃过街边烧烤摊，上面没有撒匀来不及融化的盐粒，衣服上久久不散的味道——不是车厘子，不是那种甜美得让人忘形的味道——欣敏记得小时候阿姆常常会带她去做一些离谱的事。她害怕得不行，大脑一片空白，紧紧拉住阿姆的手，等待某个细节闯进她惊慌失措的瞳仁，在瞳仁里放大变形，占据空白大脑。那时她只知道忍耐，忍耐着再害怕也不要叫出声，完全没想到那时所见所闻伸手触摸的，日后都将不复存在，好像从一个世界中抽去一个小世界，事物都还是原来形状，只是轮廓模糊了一点。一个轻微的失真世界。

"你放下吧。我吃完收拾。"欣敏叫住卢硕。他已经吃完,准备把托盘拿去洗。他记不住要将托盘模具调回原始档。心平气和提醒了三年,欣敏放弃了。

卢硕点头。他一动,洗发水的香味就飘过来。熟透了的车厘子味。他是从什么时候开始特别喜欢这种味道的?喜欢到连洗发水都是这味道。

欣敏想到那块鸡肉的香气。

欣敏,卢硕叫着她的名字,脸冲向她,浮出一层光。"对了,烧干的鸡肉是什么样,你是不是应该有照片。我发给大家看看。"

公寓

公寓。

今天,它不再是以前那个冷冰冰的词。它被技术赋予温度,又把温度传递给那些选择它的人。它是他们的家、蜂巢、港湾、孵化他们梦想的蛋壳,满足生活所有需求的集约化智能型住宅。

外观上,为了最大程度利用土地面积,公寓楼保留了高层排屋的样式,却没有因此忽视住户的个性化需求。无论门窗阳台的样式还是外墙立面的纹理和颜色,都为住户提供足够丰富的选择，按照每一户主人的喜好搭配出属于他们的住宅外墙。由上千种不同的住户外墙组成建筑的外立面，远远望去，呈现出彩色拼贴画的快活模样，形态各异，色块错落有致，要是从更远的地方看，仿佛点彩画。

在内部，依靠智能伸缩建筑材料，弹性使用空间的理念得以充分实现。没有一处空间被单独的功能所固定。大房间随时可以按照住户需求分成若干隔间，给予住户一个可贵的物理意义上的个人空间。桌椅浴缸隐蔽在墙体内，等待被召唤被使用。储物空间，公寓的子宫，如今拥有了新的使命。它不再单单作为待命物品的存储空间，更容纳了连接公寓上下的各种管道线路。

让公寓真正成为公寓的，正是这些管道和线路。空气净化管道，有害气体回收管道，可燃气管道，污水饮用水生活用水管道，速成食物管道，药品管道，可降解垃圾管道，部分降解循环使用垃圾管道。它们是公寓的血管。输入输出交换物质。至于线路——公寓的毛细血管，连接房间所有用电设备、管道和墙体，错综复杂，攀绕缠错，在屋内看不见的地方结成密网，随时根据连接端的老化或者位移，代谢新陈，自动建立新连接。与人类生活同步生长的黑暗里，线路有了自己的意志，按照最优化路线排布连接，帮助公寓智能控制的实现。这个时候，即使设计公寓的电路工程师参考电路图都没法搞清楚全部电路分布。公寓进化为大型的黑盒。居住者在其中安然得到照顾。

公寓有一颗照顾人的心，公寓的主脑，虽然每个家庭有权为各自的主脑命名，但绝大部分家庭仍然沿用了主脑的出厂名——小壹。正如名字，小壹是整数世界从无到有的初端，它拥有权威，照顾家中方方面面，事无巨细都在它的控制中。摄像头，听筒，感光仪，空气成分分析仪，红外摄像针头，各个平面的压力热度以及微辐射监测仪。而管道线路只是被动传输物质和电力。

只要合理安排，空间时间都会得到充分利用。曾经一度让整个社会紧绷的问题消散无影。年轻一代已经忘记那个住房紧张的时代。由于气候条件缩短大量建筑的耐久年限，生活资源高度集中，住房供应一度非常紧张。即便最后一代婴儿潮过去，城市人口锐减，可居住土地面积仍然无法满足现有人口。新型公寓的出现结束了那段混乱拥挤的日子。从此人们有了安身之所，将为住房争斗不休的记忆抛在身后，开始体面新生活。

公寓，一份注定的拥有，天赋权利，隶属于幸福生活的一部分，是这个时代仅次于死亡的第二不可撼动的承诺。人们自懂事起就知道，在这个世界的某处，一个无限熨帖人们欲望，比人更人性化的空间已经在等待着——百分百地接纳他们——他们中的绝大多数。

每天，男人们出门上班。从离开公寓的那刻起，他们就又再度体验到初次知道公寓时的心情,甜蜜的近乎惆怅的思念充溢他们胸口。

他们把妻子和公寓留在了门后。

二

锅送到的时候,欣敏正立在塞罗·阿祖尔山的岩壁前,目光流连于石板上大片赭红色画像:灭绝动物的稚拙躯干,鸟面具的线条,还有人类的梯子——被顽皮地处理成抽象的波浪形。她关掉沉浸装置,从冰河时代抽身给快递开门,交出小指落到签收键,指纹验证通过,她俯身去抱锅。衣领哗地荡开,暴露明晃晃雪白胸脯。她伸手压住领口,箱子从臂弯翻落,中途变魔术般,凭空出现两只大手稳稳接住箱子。画面在那里定格,一双淡褐色大手的特写,关节明显,粗糙。随后画面以两倍速从欣敏眼前滑过。她还没反应过来,箱子已经被人妥善搁置在玄关地板上。快递员站在她面前,好像从来没有动过。欣敏向帽沿下那浅浅一片阴影道谢,细声细气地,最后一个字还在嘴里人已经潮水般退进屋。

关上门。手悻悻然从领口滑下。

她想她是真的不会和陌生人打交道。哪怕是跟快递员。

和人接触，要目光接触，要表情自然，要应答周到得体，有效沟通。大脑需同时处理多项任务。而她无法多线程工作，无法理解陌生人委婉表达。尤其当她犯错时，她希望人们不要顾忌，直截了当地予以纠正。这会让事情简单得多，而不是进入——他顾忌我顾忌他对我的顾忌——这样的恶性循环。

机器就不顾忌，可以经受无数次错误操作。你可以错，它不会错，你错它就拒绝。欣敏错了八次，试着把新买的锅从常规模式调到烧烤模式，操作界面上不断跳出黄色圆脸的温和笑容，拒绝改变出场模式。说明书只有一页。欣敏颠来倒去反复读，仍然无解。差点要上网搜索答案，也就是在那时候欣敏终于明白问题出在哪里。她的新锅还没有拜过码头，拜会过她们家的家神——小壹。欣敏在小壹的控制目录里加上新锅的系统操作码，其实也就是对着空气读出一串数码，现代生活的咒符，等待小壹接收这一信息，连通新锅远程控制系统，将它正式纳入麾下。一分钟不到，新锅的控制面板上的灯快速跳闪，最后停在蒸煮模式。

换到烧烤模式。她说。锅没反应，好像她的话是空气。

小壹，烧烤模式。她又按锅上的模式按钮。当然不会有什么用。

请告知理由？

我就是为了在家做烧烤才买它的。

进行厨房烧烤必须调整房间安全参数。

好。调整。

调整参数需要权限。

她愣住。用了很长的时间,终于明白过来,就像车祸前一刻迎面看见车疾驰而来,在平静里逐渐清晰地看到某种终结,忽然明白这一刻意味着什么。那个事实并不巨大。只是微不足道的小事而已,却被车灯的强光照得通体发白,在晦暗的炙热白昼里,这针尖大小的不适清晰得让人无法面对。

她没有小壹的控制权限。在她操持了二十年的家里,她是没有权限的。卢硕有。按规定每户只限一人拥有主脑控制权限。结婚搬进新家时他们想都没想,做了和其他夫妇一样的选择。算是选择吗?生来所有事似乎都是如此,许多选择都是摆设。她要等卢硕来改参数。

"远程也可以修改参数。系统和手机直接绑定。"小壹提醒她。

"嗯,我给他发消息。"

等到晚上,也没等到回复。锅用不上,欣敏点速成餐,选了山药。卢硕吃不惯山药,但他也说过吃什么都一样。食品放进多功能加工炉。她坐下等,拿起新锅的说明书研究里面菜谱。外边慢慢暗下,房间里先黑了。灯要打开,被欣敏阻止,她说她要睡一会,不要开灯。身体仍旧坐在桌边，手支着头，另一只手滑过说明书的电子屏。眼角绿光跳进跳出，是扬声器指示灯，不知道是小壹还是小零有话想说，绿灯一次次暗哑，似乎电子通道被言语哽住，算是人工智能的欲言又止。也许是错觉。欣敏觉得小壹越来越懂进退，无关紧要的事哪怕"指令"不正常，它也顺服执行，允许理想情景外的状况出现，甚至不需要她再次确认。眼角终于清静，不见明灭。欣敏如愿坐进阴影里，手指滑过阅读屏上的各色食谱。茄子，青椒，鸡翅，土豆……

可爱的形状。颜色也鲜艳。许多种可能性。

他果然眼皮都没抬。

"家里是不是有差不多的锅。"晚饭时卢硕听欣敏说起重新设置安全参数的事后，这么回道。

"新买的这个能做烧烤，蔬菜肉类都可以烤，比普通烧菜香。"她解释给他听。

听解释的人目光紧追手机画面，囫囵往嘴里塞进食物，忽然什么让他分了神，目光掉落到托盘白色食块，神情似乎有点困惑，倒没有停止咀嚼。

"家里缺个这样的锅。"她补充。

"下个月我想提高信用额度。"他慢吞吞咽下食物，脸上再度空白，"退货是不是会影响信用评级。"

"锅很好用。不要退。辛苦你改一下小壹的安全系数——否则空气温度超过设置,警报会响很久,还可能惊动消防队。"

"什么?"

"怎么?"

"你刚才说什么?"

"改一下安全系数,很简单。"

不多话,她发给他新锅说明书截图,里面根据户型大小、通风位置甚至家庭主机型号给出最适合的安全系数,想了想又说:"你要是觉得麻烦,可以把权限转给我。"

卢硕抬起眼睛,露出久违的眼珠。"我那件灰色正装衬衫你看到了吗?明天开会穿那件是不是比较好。"

欣敏看洗衣筐。本来今天要洗,但她把时间放到新锅上。"待会洗。明天能干。"

卢硕不说话。

欣敏也不想开口。说话的额度全部用完。有事时她可以讲冗长琐碎的话。等事情办完或推进不下去立刻感到厌烦。她好像在假装另一个女人,但越来越不确定哪个她才是真的。卢硕站到摄像头前准备验证身份。她避嫌转身,端起托盘去厨房。——伪造虹膜冒充身份是不是很难?条纹、冠状、细丝和斑点还有颜色的无限组合。可她图什么?为了拿到这间屋子的控制权限,更好地做家务?

没来得及吃完的饭先搁灶台。她从洗衣筐里取出衣服，掏空所有口袋，捋一遍表面，确定没有胸针袖扣，面料容易拉长变形的全部叠好放进洗衣筐，天然染色的确保里子朝外，按洗衣标放进各个洗衣筒，分别倒入不同洗衣液或块，最后清点的时候还是没看见卢硕那件灰色衬衫，闷头在房间转了几圈也没找到。她听到卢硕对小壹发出的确认指令。

"完了？"她问。

"你要用？"卢硕让出位置。

多余动作。纯粹出于习惯。他每次对小壹说话都会跑到离主机最近的电子眼，认为只有那样指令才能被接受。一个开发数据产品的人有这样的习惯也是匪夷所思。他可能只是从没有认真想过这些小习惯。

*看见卢硕的灰色西装衬衫了吗？洗衣筐里没有。*她问小壹。

玄关隐藏衣柜的左下角。

是在那。从衣柜底下的衣服堆里露出灰色衣角。她抽出灰色衬衫，上面的衣服塌落，几件衬衫落到地上，欣敏犹豫了一下，把灰衬衫夹在腋下，捡起那些失魂落魄从衣架滑落的衣服，拎住领口或者裤头啪啪甩平整，重新挂好。这些都是卢硕换下又不肯当天洗的衣服。他总说不脏过几天再穿，之后又忘记，结果隐藏衣柜里结满各个季节的衣服，幽灵一般浮动在暗处，隐隐飘出甜丝丝熟透车厘子的香气。她啪地合上门，把它们统统关在里面，只将在逃衣物灰衬衫抓捕归案，投进相应洗衣桶，最后检查，开启洗衣机。即刻水声纷杂响起，不同温度稀释不同化学品的水流同时冲出闸口倾泻进入各自洗衣筒，水流激涌撞上筒壁后转回，随即浸润淹没那些失去肉身支撑的软塌塌布料，等全部水位到达水位线，控制面板上代表各个洗衣筒的灯同时亮起，机器内部各个零件合作，最后齐整汇聚成咔嗒一声，洗衣机正式运转。

想象这一切令欣敏着迷。尽管目光无法穿透金属外壳，只能依靠想象去模拟洗衣机内部发生的事。她忍不住对大型家电产生共情，觉得它们像她，或者，她是它们中的一分子，身体神秘共振，暗中缔结联盟。

清洁

理论上，不再应该有任何需要人类亲身完成的家务。能够批量生产小壹这样的高人工智能的时代，生产出取代人力的各类家电轻而易举，甚至可以发明从根源上解决问题的创造，以清扫和清洗为例，据说早已经研发出吸收微尘和污垢进行物质重组再利用的新型材料。这项技术被成熟运用在航天、粒子对撞、黑洞研究等领域——据说。可以设想这项技术被应用在家庭生活中可以带来多大便捷。从衣服到家具再到家居软装潢。一个全然洁净的家居环境。污渍从未出现，连对污渍的忧虑都不曾污染过这片净土。

然而实际情况相反。清洗纺织面料的仍然是洗衣机。无论是外型还是功能，和一百年前的祖先相比，都没有明显进步：仍旧是占据大块空间的沉默金属几何物，面板上复杂的操作按钮和指示灯，运转时制造出戏剧性十足的各种响声。也有值得称道的改进，一个洗衣机内置多个洗衣筒，可以同时以不同速率和温度运转。这实在算不上什么了不起的进步。每隔几年，会有一些新型号推出，更流畅的外形，更愉悦的色彩，有限的简化操作，更有效率或者节省能源，但只是在原来基础上稍加改动。如果没有广告词强调，都很难找出这点改善。其他家居清洁型机器诸如扫地机器人、洗碗机也是类似情况。机器的进化树上这一分支，近乎原地踏步，光秃秃紧贴主干短短一截，被其他迭代势能惊人的繁茂分支淹没。哪怕同样是家庭劳务型机器，娱乐型安全型机器也比它们更与时俱进。

家庭清洁型机器是日新月异时代里的机器活化石，以自身存在嘲笑技术乐观主义。技术未必线性发展，并非总是带领人们一步步拾阶而上走进天堂或地狱。也有这样不争气的停滞：经过考量计算，从人类社会总体利益出发，被放弃掉，或者说被保留下来的机器仍然很多。从根本上改变家居清洁理念，意味着大量浪费。整个机器生产链条，从原材料到生产线都将被淘汰。与之配套的诸如自动升降衣架、清洁剂等等也将成为人类物质文明的过往之物。一同进入博物馆积尘的还有整个服装产业。在改变发生前，很难确定面料革新会对既有行业产生海啸般影响，带来又一轮社会财产和权力的再分配。

没有必要去确认——

也没有推动自动化清洁革新的强烈需求。听不到人们对家庭清洁型机器的抱怨。人们并不经常想起它们。这当然是一种比较含蓄的说法。一旦按下开启按钮，无需去操心。清洁型机器的发明，为了真正解放双手。但事实上，即使今天，在无数锦上添花的小改进后，仍旧需要有一双手在之前之后进行一系列琐碎的劳作。与其说是解放，不如说是隐匿。 没有人会对干净物品的出现感到惊讶。或者说，连它们的出现都不被察觉。家居用品和环境只是回到了，不，永久保持在最初状态——最没有价值的解放。

另一个问题，一旦双手从清洁工作摆脱出来，无法填满的时间黑洞将横亘在每个家庭女性的生活里。拿什么人类活动去填补这突如其来的大量富余时间？

三

　　总是那个梦。在又窄又长的弄堂里跑，身子稍稍歪斜就会被两边的水泥墙刮擦，每家水泥墙墙面都不一样，留在身上的擦伤也不一样。脚下黑漆漆泥地。雨天一滩滩小水洼。弄堂七弯八绕，人就在这条肠子里钻来钻去。出门就是肠子。往右转。一次次斜眼看见门的样子，又黑又薄的木板门，已经花了，刀划的或粉笔画的，每次都不一样，跑过一口矮井，那是肠子拐弯的地方。井壁只到膝盖，周围永远湿漉漉的，覆着一层苔藓，水桶在黑漆漆井水里晃得厉害，浮浮沉沉，提上来，看见西瓜绿油油发亮。再走，就到了水泥方地，混凝土铺在泥地上高低不平，七八十平方米的正方形，或者长方形，并不怎么规整，二十几个水龙头铺开从地底伸出，停在一米高的地方，每个下面蹲着一个女人，守着塑料或铝制水桶、水盆、竹篮、搓衣板、锅碗瓢盆、筲箕。各种颜色的女人。深蹲或半站或坐在小板凳上，统统只给我紧绷绷的背影，因为身体紧绷，衣服颜色就更加鲜艳。红的、军绿的、藏青的、黑的，都好看，都俯身干活，在哗哗的流水里淘米洗衣洗盘子洗蔬菜水果。谁也不看我，她们互相说话，口里说出——哗哗的水声，比水龙头泻下的水声更喧哗。我看不见她们的脸，但就是知道她们在背对着我说话，说得高兴，怎么都不尽兴，舍不得离开,每只手都泡得皱巴巴的,在水里荡漾像一朵朵肥胖的白花。

"你在人家身后,按道理是看不到手的。"欣敏提醒阿姆。每次阿姆说到这,她就这么说。

阿姆佯装生气。"所以说是梦啊。"

欣敏不懂为什么阿姆会做那样的梦。她又没有经历过。她上面两代人都过着现代生活,家家户户通水通电。也许是哪里看来的,又或许是记忆传承进梦里。欣敏不问。阿姆回答不出的问题,欣敏不问。

"这次听见人家说什么?"

"没有。嘴巴一张,出来的全是水声。我阿婆说以前没有自来水时,女人就去那里一边淘米洗菜洗衣一边聊家常,说出不少鸡飞狗跳的事,也有安慰体贴人的话。后来装了自来水,又有洗衣机……"阿姆说着话,揿住欣敏的腕,抽走手里折纸,"手怎么停不下来?小时候毛病到现在。不礼貌。"

欣敏贴近阿姆,头靠过去。十指藏进大腿与沙发间。"阿姆,女人吵还是机器吵?"

"机器也吵。洗衣机里面圆筒一天到晚转来转去,但到底还是方便。"

"方便吗?洗衣机又不能帮你满屋子找脏衣服。"

母女俩一起朝沙发上瘫卧的身影看。那人在看最喜欢的太空纪录片。霞光霓彩映在松软的皮肉变幻不定,人的脸面上流露出宇宙奥秘。"最近算太平了,只要有纪录片看,就不太发脾气。"阿姆停了一下,"当然衣服还是到处扔。"

以前不止是衣服,连床单都要勤洗。那时候他身子不方便,又要面子,不接收外骨架辅助,更不要说穿戴尿片,床单弄脏了就只好换,一天三四次都是正常。总算现在阿姆是解脱了。

"多筒的还是用起来方便。"阿姆说,"转起来的声音也有意思……"

欣敏直起腰。很久前给阿姆买了这台多筒洗衣机,父亲一直不相信洗衣机能同时兼顾不同衣料,阿姆拗不过,只好照旧分开洗,多筒当单筒用。

"什么时候开始用多筒功能?"

阿姆不说,嘴角翘起,坏笑得像个偷糖的女中学生。"老说多筒洗不干净,伤面料,搞得他好像能分辨出来一样。"

"没差别?"欣敏不确定。

"没有。就算有他能搞得清?"

欣敏突然想起以前阿姆也是生龙活虎的。雨天出门淋雨,冬天偷偷去野地里烤红薯,兴致上来什么事都会做。她以为全天下阿姆都是这样,直到看到别人父母才明白——阿姆是她中的头彩。阿姆不仅自己疯,高兴了还会带上她。她明明怕得要死怕得骨头发凉。可要是阿姆不带她，心边上就暗戳戳爬出许多齿轮状深影。她爱阿姆胜过同龄人。

她的阿姆一生逾矩无数，谁想到末了，背着父亲悄悄使用洗衣机多筒功能就已经是她的英雄壮举。

"家里的事，好多机巧男人们不明白的。空有主张口号，领导架势。"阿姆收了声，嘴巴紧闭拢。上年纪人的啰嗦，她至今没有，始终警醒克制，不让自己露出败象。想得到想不到的哀怨统统收进一双不说话的眼睛里。

"以前太阿婆跟我说，她们那时候吃堂食，如果客人得罪服务员，服务员会趁上菜时悄悄朝菜里吐口水。"欣敏说。

阿姆笑。这次连眼睛也笑。

没有摄像头的年代，人真的能偷偷做不少坏事。"阿姆请阿爸吃过口水吗？"欣敏问。

"卢硕最近工作顺利？"阿姆问。老人家说话留余地，哪怕对亲生小孩，也不给压力。卢硕五六年没来。也许还要久。欣敏记不得。

"阿姆你还记得他长相？"

阿姆打她。"怎么不记得？视频通话有过的呀。"

卢硕上一次视频是什么时候，欣敏一样记不得。

"现在家家都这样。一代人过一代人的生活，互不打扰。你们都觉得老人会不舍得，其实是自作多情。我们过得有多自在你们不知道。"

"阿姆,还记得小时候带我去吃街边烧烤伐?我昨天差点把家给烧了,没有,其实我是在家做烤鸡。"欣敏跟阿姆讲起煮鸡肉的事,絮絮讲,讲到买了新锅,觉着旁边依偎着身体越来越轻。

"欣欣。"阿姆叫着她的小名打断她,"你自己这边也不能放松。"

"这边"说的是欣敏的工作。阿姆一度以为自己女儿在做了不得的工作:给人工智能翻译科学文献——那可是把人类上千年的智慧结晶传授给人工智能,从宏观天文量子物理到稀土信息工程,只要是经考证合格的论文实验数据报告统统都要翻译成人工智能能懂的语言,等于就是用它们能懂的语言教它们自己学科学。欣敏只好跟她祛魅,解释说她做的翻译,不过是用特定的编程语言把科学文献重写一遍,也不需要明白原文意思,只要按照语法做相应转换。完全就是体力活,枯燥到让人两眼发黑,和人类语言翻译压根是两码事。她应该是不喜欢这份工的。留给女人的选择不多,差不多都是这类,只是各家工作时长和薪资不同。毕业后欣敏随便找了一家,一直做到现在,自己没想到,连老板都吃惊。多数女员工结婚后就会辞职,最多再坚持一年半载。欣敏不是。周边人像潮水一样退去,单剩下她落在沙滩上。她不为所动,似乎将自己当作公司硬件,打算不温不火做上一辈子。大概真的是因为有阿姆在旁边敲打,伊无论说什么,最后总会回到这上头来。欣敏有时也会烦躁,但又不忍心反驳,每次都笑着答应。

毕竟这份工也不辛苦。公司属于乙级有限劳动单位,法律规定员工一周工作时长不得超过十五小时,否则面临巨额罚款。老板生怕超时,把每周工作时长控制在十小时内。忙不过来时,就招几个临时工。临时工不熟练,就再招几个。反正人工便宜。正式员工待遇比临时工好一点。说到底,这种轻松工作,不坐班又不动脑,只要仔细就好,还能期望什么。欣敏没法告诉阿姆,为什么她自己这边不放松不行,为什么老板害怕女员工努力。

就算是这样的工作,也有它的好处。比如现在欣敏就可以对钛合金支架上的阿爸说,有工作急着收尾必须走了。

阿爸斜眼看她。

她正和公寓主脑预约下次探望时间。阿爸架起钛合金支架冲到她面前——只要他意念一转,大脑运动皮层的电极发出指令,十几根钛合金立即竖直架起,帮他站到欣敏面前。他狠狠瞪她,口腔里滚出含糊炽热的声音,烂泥般一块块朝她扔过来。他怪她不孝顺不尽责,把他丢给一堆机器就撒手不管,恨不得等他作古再来。欣敏点点头。她听不清,但明白意思。阿爸第三次脑梗后,就只能这么对她说话。她欣慰阿爸气力充沛,转身离开。

回到家明明想休息一会,却打开公寓工作模式。书桌椅从暗间滑出,在她身前展开。欣敏坐下。小时候装生病请假也是这样忐忑,满心希望能烧得更厉害更痛苦。既然是借工作之名从阿爸那里逃走,她好像必须工作一会才能安心。工作专用的白噪音应景响起,细雨声淅沥不绝。

不用了。欣敏示意小壹关掉音乐。我想静静。她补上一句,免得再有干扰。晚饭前一个半小时的空闲,足够她完成手头这篇《纳米铂多层膜的化学表征》论文的翻译。欣敏指尖轻滑,打开界面,即刻进入状态,十指翻飞。屏幕上代码流水般泻出。她从未追求这熟练度,也不是天资聪颖。什么事,日日做,重复十几年,都会变成机械反应,迅速准确。眼睛落到排列成行的汉字和图表,手指下意识就知道如何动作。脸和身体慢慢发麻,大脑空白,眼睛所见仅剩黑白。她好像成了别的什么,物一样平静。按单一指令行事,不受扰动。这么说来,也是一种快乐。

她越快乐,越像别的什么,效率就越高,人工智能就学习到越多的人类知识,越快掌握学习科学知识的方法,就——越像人。

"这么晚还工作啊。"甜丝丝声音闯进。是慧昕。欣敏把几个朋友设置成联络最高等级,她们打来的语音电话任何时候都可以直接转进来。慧昕就是其中之一。

"在。"欣敏说。慧昕是她同事,大概是从公司系统看到她在工作。"什么事?"

慧昕不说话。

"没事,你说。"这是实话。欣敏的手指没有慢下半拍,堪比机器运转。听到慧昕甜丝丝声音,心神松动,好像从深幽处浮上水面,然而这点变化与工作意识完全隔绝,互不干扰。

"怎么,欣敏,你听起来不太好。遇到烦心事?"

"刚回了一趟家。"

"哦。"慧昕一下子没接住话。她家里和睦,至今和父母一起住。"周末出来散心?本来就是来问你要不要聚,丁宁也说想你。"

"好,都两年没见。就周六吧。方便些。"

"好,就这周六。碳水局,老地方,老时间。"

欣敏对这又绵又软的声音笑。"叫了阿璨吧?"

"啊。"慧昕连忙掩饰,"嗯,待会联系她。欣敏今天忙吗?"

"我一直有时间的。你这周的工作量完成多少?"

"怎么,你要帮我做啊?"

"要是不急着要,我可以的。"

慧昕叹气。"眼前的我自己能来。但是真做不下去了。

真苦。要发疯呢。前两天看纪录片,讲老早工厂,我看着看着就哭了。那些流水线上的机器不就是我们吗?输送带上来一个瓶子,我们就给它加上盖子,其实既不晓得瓶子是什么也不晓得盖子是什么,两眼一抹黑,单单重复一个动作。"

不这样怎么办呢?要最大程度发挥现有科学研究成果,又要最大程度利用人工智能,最好的办法莫过于培养它们理解实验方法原理的能力。明白日常用语已经很难,再加上每个学科那么多专业术语,一个词放在不同领域就有不同意思。只能翻成编程语言喂它们。每年发表几百万篇论文,过去几百年堆积起来可以填满深海的文献,正在经由她/她们的机械动作传输给强大的智能硅基物。

欣敏一时说不出话。"慧昕快结婚了。"

"嗯。"慧昕被卡住,百感交集咽下要说的话。

忽然安静下来的片刻里,欣敏察觉到凉意。不知道什么时候,小壹启动了雨天模式,静音的。没有雨声,只有沁凉的湿意在屋内弥漫,洇在皮肤上。

"周六慢慢说。不要急。"欣敏听见自己说,一边看见屏幕上实验数据最后部分翻译完成,她敲下换行键。

门打开时,快递员愣住。他没按门铃门自己就开了。一个人影从里面冲出,差点就撞到他。欣敏事后也奇怪——她是怎么从帽檐下陌生阴影里觉察到那点情绪波动,明明只是视线飞快掠过。她的确是等得有些着急,半小时前叫的闪送迟迟不到,好不容易透过门镜看到门口快递员,以为是自己的闪送终于寄到。

包裹很大,大得不合理,她只买几包黄花菜、黑木耳、香菇、面包糠和腐竹,都是今天要用的食材。轮到欣敏愣住。

快递员不动,没有放下包裹的意思。"你们家主脑临时通知我们,包裹放门口就可以。"

欣敏盯着包裹,从包装看不出什么——让快递员不通知她放下包裹就走,所以小壹是想让它一直搁在门口?

"包裹太大放不进小区临存柜。以前都是直接放那。"

以前。欣敏抬眼,目光中途一转,从快递员宽阔的肩膀滑下。她不明白快递员话里的意思,也不想明白。"你放门口吧。"她退到屋里转身关门,想起那些理应早该送到的食材,犹豫要不要请快递员查一下。犹豫的工夫,门关不上了。

快递员抬手扒住门框。

欣敏不知道该后退,还是倾尽全力拉上门,望着横在眼前的手臂发呆。力量相差悬殊。与其说是屈从蛮力,不如说是输给了气势。几乎没有僵持,门被扒开,完完全全敞开,楼道里略微浑浊的气流朝欣敏涌来。她暴露在楼道苍白的人造光线里,无处遁形。

她不害怕,她还有小壹,公寓的安全系统无可挑剔,每家主脑直接和警局安全系统相连,一旦有问题立即报警。

"你等一下?"快递员说。

欣敏等他。

"系统显示你好像还有一个快递,我帮你查一下。"

"嗯,一个闪送。"她声音发紧。

面包蒜蓉虾、白斩鸡、四喜烤麸。

看到欣敏拿出的小菜,女朋友们纷纷雀跃。

要是当天做的就更好了。欣敏想。难免觉得遗憾,尤其是对着女朋友们脸上的笑。卢硕讨厌处理食物的味道。周六他又要睡到下午才出门。只能周五在他回来前做好。她在心里辩白,又向内观望这样的自己。

昨晚刚做完这几样小菜,卢硕就回家了。他比平常回来得早。炸虾炒蒜的味道大,空气净化系统没来得及完全去味。这次他倒没有说什么。只是皱着眉闷闷走进他的隔间,其间大概眼角扫过欣敏。两个人都不作声,都不提还在门口的快递。

慧昕的肩膀撞过来。"好吃!"

"你阿姆不做啊?"对面的丁宁说,一边举杯。

四只高脚水晶杯沿轻碰,发出悦耳声响。慧昕和欣敏以前认识，后来做了同事，阿璨是欣敏前同事。丁宁则是慧昕的朋友。四个女人投缘做了十几年朋友，为能经常聊天聚会，一起出钱买了个固定虚拟聊天室，仅仅这样还嫌不够，都觉得需要肉身互动，于是每隔两三年出来一聚。地点时间段都不变，人也固定，就她们四个。对她们来说，聚会的这天，是比跨年还重要的日子。

"很久没吃到人工烹饪的菜了。"阿璨说。

大家笑。慧昕吃饭有她阿姆料理，丁宁结婚后，衣食行全部钟点机器人照料，不过两人多数情况还是吃的速成餐，最多外面买来预制菜加热，的确很久没有尝到这样的小菜。

欣敏给阿璨夹菜，忘了用公筷，手悬在半空。阿璨伸碗来接。

"欣敏教我做菜。真的要销魂了。好开心。"慧昕叫。

"白斩鸡其实好做。烧开一锅水，鸡放入滚水中，大火煮十分钟，熄火加盖焖二十分钟，捞出马上放进冰块里，不要把皮弄破，再换成凉水泡，最后就切块，调酱汁要讲究……"阿璨当真了，细细讲解步骤。

欣敏按阿璨的手。"阿璨多吃点。"

"阿璨很熟练啊，做过几次？"慧昕问。

"我那里买不到鸡，也——买不起。平时看美食短视频看多了，就知道一些。"

"阿璨喜欢短视频?"慧昕继续问。

"只喜欢美食短视频。午夜广告档放长广告的时候中间会穿插很多免费美食短视频。"

丁宁听不下去,插话问:"有葡萄酒内容吗?我最近迷得不行,尤其是奔富,今天带来一瓶,待会大家一起尝尝。"

"好喝。以前只在小说里看到过,男女约会一定要来一点。"慧昕说。

欣敏丁宁都笑。

"等下个月慧昕结婚,我带两瓶过去。"丁宁说。

大家一起等慧昕害羞撒娇,等她甜丝丝的声音暖风般拂过,却集体扑了个空。忽然间,慧昕脸上乌云密布。嘴巴瘪着,颤着,有好多话要出口的样子。三人视线交换,大致猜到慧昕这次组局的原因。

"怎么一会哭一会笑,小朋友呢。"欣敏捞出慧昕掉进杯子里的头发。

丁宁给慧昕斟酒。"不顺利了?这种情况,不是吵架就是外面有人了。"

高分贝哭声炸开。一米六的娇小身体里到底放了什么样的发声装置,能发出这样惊人的声音。欣敏关上包间门。

"哦,那就是因为其他人的事吵架了。看不出嘛。挺厉害。是你还是他啊?"

慧昕大哭。丁宁比她大七岁。两家是世交。两人从小说话没有顾忌。

阿璨起身递上纸巾。

"他有女人了,还给那个女人买包。我登录他的电子钱包,看到购买记录。包、首饰,还有泡芙,统统送到一个我不认识的地址。都大半年了,我才发现……马上要结婚了都。"

欣敏绷紧脸,害怕稍微一动,脸上的皮肉就会从头骨滑落。现在不能笑。丁宁看她,意思这种时候她们两个人妻应该说点什么。

"还以为只有老电影里才发生这种事。"阿璨感叹。她真的是感叹,对自己说的,只是该放到心里的感叹被她说了出来。

慧昕一怔,嚎起来。

"阿璨乱说话。男女之间的事永远古老。就算新生活日新月异还是逃不了那些事。"丁宁说。

欣敏提一口气,话到嘴边忽然没了力道。"你打算怎么办?"

慧昕抬起泪水滂沱的脸,抽泣着不说话。

说到底答案还是那个答案。人家不是为了请人来逼问自己才约见面。欣敏在心里退开三步。"毕竟现在还是猜测。"她说。

"会不会是我误会了?"

要误会其实很难。

最开始是眼神,连同他身上香味一起游移飘忽,然后是日渐增加的应酬、额外的开支、一回家就立刻要洗澡的习惯、始终需要保持通话的客户、关闭的手机定位、新游戏APP、隐藏的云盘,和整体穿搭格格不入的小物件诸如手帕、领带、袖扣、手机套、车上的挂件,鬼鬼祟祟从角落里冒出头;再然后,这些陌生的影子固定成为喜好和习惯:那些你不喜欢,他在过去也不喜欢的颜色、音乐、运动,还有食物,顽固地留了下来,成为他的一部分——不可或缺的一部分,替代你和他曾经共同拥有的那部分。

不用花心思寻找,诸如登录钱包或者社交账号,调取家中监控。什么都不用做。

所有的猜想怀疑,这些幽灵果实会渐渐获得实感,长成落地。自然而然出现在你面前,无法回避。

你在他身上清楚看到另一个人的存在。那一刻就是落实的那刻。

不会搞错。

你松一口气。再也不用辗转反侧。

丁宁在教慧昕怎么查定位怎么写婚前协议。"签婚前协议,一定要拿到主脑的控制权限。他肯定不肯。必要的时候你把其他权利让出来,主脑的控制权一定抓手里……"

欣敏坐在旁边听，她也应该听一听。但话不过脑，徒劳从耳旁飘过。她惊讶丁宁有那么多可以传授的心得，惊讶原来她也有她的考虑。以为家庭富裕的女人忧虑少些，原来只是欣敏一厢情愿的想象。她愿意相信总有女人能够幸免，好让她觉得这个世界还不那么糟糕。

"女人一出生，就在战场上了。一辈子都在打仗。她要是连这个都没搞清楚，那就已经是输了。"阿姆这么说过。记不得具体时间场景，只有这话一字不差地被留在心里，时不时跳出来。她大概是输了，毕竟知道的时候已经迟了。

"欣敏在想什么？"阿璨问。

"尽是讲这些事，让阿璨无聊了。"正说着，上菜机器人滑进包间。一下子，桌子上摆满小笼包、虾饺、肠粉、汤圆。

"每次都这样。"阿璨笑。

"碳水局嘛。再说上次都是两年前的事了。"丁宁仿佛放了一只耳朵在她们中间，可以无缝插进谈话，说完又回去面授机宜。

阿璨不客气。她一向胃口好，却瘦得离谱。

欣敏喜欢看她吃饭，拼尽全力的样子，看得自己也觉得有这份气力。

她站起来把点心端到她面前。带来的小菜还剩下大半，她把它们收起来，装进袋，放到阿璨的包边上。再坐下的时候，发现阿璨忙里偷闲斜眼看着她。

"你帮我忙，把这些带回去吃。别让我白做。"

"欣敏觉得结婚开心伐？"阿璨说。四个人只有她真正单身——没有男朋友，也决意不结婚。

"阿璨想要知道哪方面？"欣敏笑。

阿璨摁住她的腕，阿姆那样，然后拿新纸巾换她手里揉烂的那团。欣敏笑笑，接着揉。十根手指狼奔豕突。

"家家差不多。他好像不喜欢我给家里主脑起名字，我管主脑叫小壹。"

"不都是管自己家主脑叫小壹吗？"

"我管平时陪我聊天的叫小零。"

"不行吗？"

"他奇怪为什么我一定要分出小壹和小零。明明家里只有一台主脑，非要给它两个名字，会不会让系统人格分裂。我跟他讲，小零是聊天机器人，小壹是主脑，她们不一样。小零有她独立的想法，她就是她自己，非要说她是小壹的聊天系统，是依附，小零就太可怜。"欣敏打住话头。她平时说话不这样。目光从纸团抬起，遇上阿璨一对乌黑眼睛，好像躺在夜色里臂弯里微波荡漾的湖水。欣敏想，啊，没事，她懂我。

"嗯，小零知道你这么为她着想，会开心的。"阿璨一口吞下两个饺子，痛嚼起来。

"他大概觉得我疯了。"

"就只有一个小壹。小零是它的聊天系统，最多是人格面具。"慧昕说。她和丁宁谈完事，重新围坐在欣敏身边。

"欣敏，别听她的，也别自己瞎琢磨。做聪明人。聪明人不把问题复杂化，聪明人只做简单分类。没有什么小零小壹。只有'我和其他人'，还有'有用的人'。"丁宁斩钉截铁地说。

"明明一直都在，却被当作空气，太可怜了。"欣敏摊开折痕遍布的纸团看。

"那怎么办？杀了他？杀了那个觉得你疯了的人，那样就没人觉得你疯了。欣敏，这个方法好吧？"阿璨说。

欣敏身体僵住，眼珠慢慢错过去看阿璨。四目相对，两个人一起笑。阿璨的笑照旧盖过她。

两年没联系，阿璨还是老样子，不按常理出牌，或者根本拒绝出牌。热烈鲁莽，活得浑沌，又在意想不到的时候洞见人心。欣敏没见过这样的人，一开始根本不知道怎么应对。她那时入职不久刚熟练业务，就被安排去接替同事工作，硬着头皮去交接，虽然不用面对面，氛围实在奇怪。那个人的网络不好，发过来的全息形象不是卡住就是粗颗粒，还有几次身体关键部位跳出马赛克。欣敏建议用文字交流，那个人却坚持用全息影像，她说她需要说话，很久不说话，舌头已经打卷。她让欣敏别记她工号记她的名字，她叫阿璨，下个月就走，如果欣敏只记工号就找不到她。这个人说得好像笃定她们以后会在线下见面一样。她不知道线下见面是多奢侈多稀罕的事？欣敏至今记得当时那份震惊。阿璨总是让她吃惊，言行举止甚至神态，说不上多古怪，只是和周遭世界始终错位，保持高度稳定的偏差值。她大概生来如此，早已经习惯，无意掩饰，也无意炫耀，只是像接受自己不够标准的五官那样接收了这错位。到后来，连欣敏也习惯了。她习惯了不断惊到她的阿璨。这世上原来还有她这样的人。只要想到这个，她就觉得心里松动，觉得这个世界还不那么糟糕。再后来，她真的见到了阿璨。第一次慧昕提出线下聚会时，欣敏叫上了阿璨。慧昕带来了丁宁。四个人在那天成为朋友。

"阿璨，现在工作忙得过来吗？"丁宁把剩下的酒平均分到每个人的杯子里。

"这家公司只给我每天一个半小时的工作时长。我倒是想忙。"

"做得过来吗？"慧昕问。

"阿璨现在住哪？"欣敏问。从认识起，阿璨搬了三次家，越搬越远。网络信号越来越差，严重影响工作。当年她就是因为这个没完成工作份额，才被公司开除。后来进的几家公司，也是因为同样原因被迫离开。

"又搬了。已经锻炼出一身搬家本领。随时可走。机动部队。"阿璨说。

大家视线错开。

"我帮你找找看,我们换个住宿条件主要是网络好一点的地方。你保住工作重要,其他以后再说。"丁宁说。

"前两个房租我先付了。你安心工作。"欣敏说。

阿璨脸上红晕变幻不定,好像洋流交汇的大海。忽然她张开手一把抱住欣敏,久久不说话,

认识那么多年,没见过阿璨这样,大家坐拢过来。阿璨说了句什么,闷在胸口只出来一半声音。

"阿璨你说什么?"

阿璨仰起脸。"我下辈子一定要做男人,因为女人真的真的太好了。"

埋单还是没有抢过丁宁。欣敏吃到一半溜出去结账,店里说已经结了。吃完饭她们一齐送阿璨去车站。慧昕和欣敏走在前面,在售票机前一阵忙活,走回来时手里多了一张交通卡。售票机只收现金。平时发工资都是电子币支付。偏偏仍旧有少数消费强制现金交易。提现手续费跟着水涨船高。她们猜阿璨手头没有现金,就帮她买了。四个人在车站等。阿璨的脸在灯光下继续变幻着深深浅浅的颜色,身体左右摇晃,咧嘴对她们笑。

"别醉了啊,回去还有好远的路。"丁宁说。

欣敏算了算时间，几趟转乘，阿璨到家时应该是下半夜了。站牌上写着经过的站名，欣敏一个都没听过。上一次好像坐的另一条线路，那上面还有几个她知道的地方。阿璨就这样越搬越远，越来越滑向欣敏不知道的世界。下一次她会搬到哪里？下一次她们见面会是什么时候？阿璨笑着，一点不在乎的样子，大概还有点得意，是她成功地把一连串陌生的地名引入到朋友们的视野，引入到她们几乎足不出户的生活，好像一根点燃的火线。

"阿璨，别醉了啊。"有人说。是谁在说。

"我们现在说话都像阿璨了，大舌头。"另一个人说。大家笑。大家都醉了。

阿璨笑得最好看。眼睛弯成两道漆黑的缝。脸颊两坨嫣红，不遗余力。

"阿璨，为什么不和大家一样活得轻松点？"这次欣敏确认这是她在开口。

阿璨嘴里蹦出不连贯的字句，一股脑倾倒脑海里出现过的所有理由，煞有其事。明明自己都不信吧。欣敏朝她跨出一步——

轻轨来了。车前灯打在她们身侧的广告牌上。阿璨感受到急迫，她睁大眼。眼睛里的动摇连带着身体的轻晃，编织成复杂的舞蹈，动摇的舞蹈。她又开始飞快地说话——为了赶在轻轨停下前——提起她们都读过的小说，她说逃跑也是一种奔跑。轻轨停靠到规定位置。车门打开。她更加慌张。语速加快，话语纷纷扬扬落下，不知道是为了赶在上车前把话说完，还是希望赶紧上车。

震荡中，欣敏看见阿璨跳上车。站台的防护屏率先合上。她们隔着透明屏障看着对方。阿璨退后，车门戛然横在她们中间。阿璨挥手，连续变换了好几次姿势，在空无一人的车厢里手舞足蹈寻找最合意的告别手势，仍旧慌乱不知所措，仍旧意犹未尽，试图与时间赛跑要说完心里所有的话。

欣敏看到的最后一帧图像就是那个样子的阿璨。

上各自出租车前，三个人拥抱告别。丁宁在欣敏耳边低语，欣敏应过，心思来不及转到那里，车已经开动。霓虹斑斓夜景江水般奔涌向后。欣敏在后座坐好，转脸望见玻璃窗映出的一张面孔：眼睛弯成两道漆黑的缝。脸颊两坨嫣红。

大家都不懂为什么阿璨要执意单身，把自己逼到没退路。在这世上，女人要靠自己活，最好的结果就是省衣节食艰难度日：收入有限，连城里一间公寓都租不起，只能住在更偏远同时网络信号很差的地区，导致工作效率低下；完不成工作，影响收入，长时间贫困导致营养不良健康状态恶化，反过来影响工作。熬到后来，年龄大了，只能去做临时工。一样工作时长，拿更低工资。这种情况下，不可能有什么存款,于是申请不到信用卡。一旦遇上急事需要额外支出,只好去借高利贷。人家说财富像雪球,越滚越大,贫穷也是。阿璨的雪球顺着山坡滚下,见不到谷底。

绝大多数女人会选择毕业后结婚。穿上水晶鞋,踩着铺满鲜花的红毯被引到某个男人面前。因为铺满鲜花,所以并不觉得脚下走的是人生唯一一条出路,好像除了红毯路外还有别的选择。

也许出身富豪家庭的女性可以跳脱出这样逼仄的命运。那是欣敏不能想象的世界。在她的世界里,连丁宁这样家境殷实的,也从善如流走上红毯。

阿璨家里什么情况,她从来不提。她不提,她们就不问。

四年前,阿璨忽然失联。欣敏几个全都联系不到她。她们发现原来和阿璨的联结只有手头这个八位数聊天账号。她们不知道她姓什么住哪里当时工作单位不知道她是否还有其他亲人朋友有没有其他的聊天软件账号。她和她们唯一的交集就是曾经做过欣敏的同事。

欣敏那时才发觉,原来她们之间就是这样松散的关系,松散到她随时可以从她们的生活中脱落。这么多年阿璨就是这样若有若无待在她们身边。

第二年阿璨回来了,瘦骨嶙峋出现在她们四个人的虚拟聊天室里。她说她去当临床实验对象了。报酬优厚——

只要通过体检，坚持到最后就可以拿到很多钱，而且一次结清。她参加的项目叫太空生存实验，研究怎么让宇航员适应十年以上的密闭隔离生活。她和其他九个人一起，待在两百平方米的密闭仓里吃喝拉撒一年。密闭仓是一个密闭生态循环系统，高辐射，低重力，不分昼夜。她们每天吃许多药，做不同强度的运动，做几百项的体检项目，回答上千道心理问卷。有三分之一时间在极端环境下，比如高频强光或者剧烈颠簸。整个过程完全和外界隔离。她说好多人崩溃了，还有人自杀，但是她没有。她坚持到最后，拿到那笔钱。她说她需要那笔钱。

"穿得真好看，出来和朋友玩玩开心吧，还是你们轻松。"前面的出租车陪乘大叔说。从开车后他就试着跟欣敏搭话，一直被她无视。

"什么？"欣敏头痛又犯了。随便找个人说话也是好的。她想要换换脑子。

"没什么。羡慕你们。我想过你们这样的生活，一起出来喝喝酒，说说话。我们过得太辛苦了。"

欣敏愕然。自动驾驶普及后，出于安全考虑，所有自动驾驶的出租车必须配备一名陪乘应对紧急突发情况。绝大部分时候陪乘只是坐在副驾看着车开。欣敏不知道怎样回答好。

陪乘大叔不需要人鼓励。有的人擅长在自己身上找到足够的动力。"我也想不干，但是不行。没了我们，出行多不方便,现在养得起私家车的只有有钱人。"

"上下班外,没多少人出门了。"

"用车的人少,但是出租车更少啊。需大于供,我们还是紧俏的。"陪乘大叔稍微收敛一下,继续说:"真的辛苦。这个点人家都下班回家吃饭。你说说科技那么发达,怎么还需要我们出租车?"

"不然呢?"

"要是能够量子瞬间移动就好了。科学家快发明出来。人进到一个玻璃柜里,嗖一下,就到了另一个星球。"

欣敏想大叔原来也看过《星际迷狂》。

"怎么样?"大叔问。

"挺好的。瞬间移动怎么回事,我跟你解释解释。首先,得把人弄得粉粉碎,分解成粒子状态,然后把粒子信息传到目的地,在那里按照这个信息重组一个新的人。多好,出发地杀人,目的地拷贝。师傅你喜欢伐?"

陪乘大叔不说话。

回到家,她仍旧在喘,生平第一次呛人,呼吸没有掌握好,说得自己上气不接下气。要是中间停下换气,她大概会就此停下。心跳总算慢下,怒意仍然没有消退,无名无形没有光焰,所过之处寸草不生。和酒没有关系。她窝进沙发,身体放松下来。家里的环境系统已经开始工作,管道和机器在她看不见的地方运转忙碌,根据她的身体情况生活习惯调节温度湿度光线,令她好像躺卧春天泉水边,四下绿色光晕浮掠,周身被清凉的水汽沁透。全部是小壹安排。从她开门,它已经下达指令,采集她即时各项生理指数,传送到各个系统,不动声色将一切预备好。

欣敏翻了个身,在这个家里,她被关照得很好,舒适得如置身温水,怒意无处着落,或消退或萎顿成莫名怨意。

嗯,你喝酒了。小零问。

几点?

十点。

啊,才十点。

要做饭吗?

欣敏挥挥手。卢硕知道她晚上聚会,会吃过了再回来。

你累的呀。洗澡水已经烧好。

我躺一下。

小壹不说话。

欣敏脑子转过弯,哦,对,卢硕不喜欢家里有酒味。她睁开眼,又合上。算了吧。他今天一定会比平时晚回来。丁宁说家家都一样,男人都一样,原来她是这个意思。冷不丁想起丁宁告别耳语时意味深长的表情,欣敏笑了。

房间跟着发出冷笑,阴恻恻地从电子牙齿间挤出——叮铃铃,叮铃铃。

惊魂夺命。她不相信自己的耳朵,再听,声音还在,确凿无疑是门铃声。冰冷刺耳。

欣敏站起来,又坐下,四下环顾,犹豫要不要开门。

是快递。小零说。

现在几点。欣敏问。

十点一刻。小零回答。

欣敏定定心,把门打开一半。门没有塌。门外真的是快递。

"你知道现在几点?"她问快递员。

"拿昨天寄错的包裹。白天太忙,没时间。"快递员说。

欣敏认出了他,过一会才明白他的意思。"我,我们没有拿,包裹没在门口?"

"要是在我就不打扰你休息了。"

经他这么一说,欣敏想起的确刚才回来时没看见地上还有包裹。这下好了,大家都假装没看到的包裹真的没了。欣敏被这个念头逗笑,抬头看着帽檐下那团影子,假装能看到里面一双眼睛。她直直望着想象出来的眼睛问:"怎么呢,这下假戏真做了。假装不存在的包裹真的消失了。"

快递员不说话。今天晚上,这个人说话仍是彬彬有礼,不过总觉得夹带着一股火气。欣敏觉得有趣。"快递师傅,你为什么要生气?"

快递员不说话。

"所以,包裹里面是什么?"

——她不该问的。

"你现在想知道了?"

轮到欣敏不说话。

"锅。和你刚买的同款。"快递员踌躇着,像是在把手伸进很深的口袋去掏一块化了的黑巧克力,"你们家经常有送错的快递。写的是你们家地址,但主脑都说可能不是你们家的,要我们先放在寄存柜,等你先生再确认。只要你网购,不管买什么不久后就会有同款货物被错寄到你家……"

"知道了。"欣敏打断他。"可以了……"

"知道什么?知道你丈夫后来都会把这些东西都寄到……"

"谢谢。快递师傅。"

"这些东西最后都寄到同一个地址。"

欣敏打断他:"人家家里两个人关上门的事。快递师傅,这个你也管?"

"你现在又不想知道了?"

欣敏不理,掉转身进屋。突然胳膊被什么箍住,越挣扎箍得越紧,还没有反应过来,人已经被拖到房间外,压在墙壁上。

欣敏吃痛,面孔变形,下意识伸手去打,拍掉快递员帽子,露出一张人的面孔。她来不及去看,只顾挣扎反抗,去推,去挡,去打,去捶,去踢,去踩,凌乱却决绝,好像同时有七八只手在奋力反抗,又好像一小杯水泼在铜墙铁壁上。"警察马上来。小壹已经报警了。"

"小壹看不到这里。楼道监控死角在哪里,我们快递员最清楚。"

听到这话,欣敏双腿发软,整个人虚脱。原来监控还有死角。

她想不通。

她不去想快递员为什么这样对她。她只想为什么监控会有死角。她不去想为什么总有送错的快递一次次挑衅一次次向她宣示主权。她只想为什么监控会有死角。她不去想他们夫妇怎么会在多年后成了寡然无味的陌生人,为什么成了陌生人还要守着空屋体面做人。她只想为什么监控会有死角。不是说可以完全信靠托付人工智能,说好这个世界可以百分百相信,可以让你百分百安全幸福。你都把你的生活全部交出去了,为什么他妈的还有死角。

她不去想面前的快递员接下来要对她做什么,她只想为什么监控会有死角,而她现在就在这个死角里,她的丈夫现在正在另一个女人那里用他们的新锅。

家家都一样。男人都一样。好像背叛一个女人是男人的成功标志,好像被背叛是妻子的附带功能,好像女人只能用背叛去对抗男人的背叛,好像女人只能通过成为男人才能对抗男人。

不记得是谁先的。闭上眼就只有气息、皮肤与触觉。肉身和魂灵一起下落,坠到热烘烘的云雾里,钢铁云雾。快递员身体硬邦邦,动作粗暴贪婪。哪里都是他硬邦邦的身体,连嘴唇都是干的。

他掠夺她,他开采她,无数男人日常性的短暂的疯狂作业,以无数女人为对象的普遍运动。在动物性的过程里,压力和疼痛的双向机制下。她忽然惊醒,若明如暗之物急速膨胀,被身体限制,形成巨大的压力,气浪把男人从她身上掀开。他后仰着从她的视野消失,她起身,扑上去,张开嘴。

开始了一场互搏。事情变得不同。互搏绞杀,五官全部张开,肢体交缠,给予瘴气的热带森林,腐败香气鲜艳的颜色闪到眼皮下,只有温热湿滑的肉,是他的嘴唇,被她吮吸吞吃,是他的舌在她的口腔里缠游,咸腥中带甜的体液,肉下面不见底的漆黑悸动,电流激涌划过渊面,意识下坠,撞向一个个新世界。

欣敏惊讶,原来一个吻有那么长。

欢喜

玩具需要名字。

那些日常生活中的新奇物件需要被命名。积木、魔方、呼啦圈、溜溜球、空竹、橡胶娃娃、珍奇柜，通过名字，召唤出为人熟知的对应物，使自身被理解。至于赛博世界里的游戏：精灵冒险、安基亚钥匙、安第斯之夜，则以强调游戏内容的方法来命名自身，区分彼此。

人们不必记得以下事实：所有的玩具都是为了对抗虚无和时间而存在。

玩具需要名字，即便仅仅为了安抚羞耻感。

只有一个玩具例外。它天真无邪，没有半点羞耻心，以真名现身，袒露张扬它被创造出来的目的——"欢喜"，欢喜佛的欢喜——满足人类性欲。

"欢喜"，性玩具中的庞然大物，长两米高宽各一米的长方体透明水缸，盛满蓝色凝胶物质。数以万计的纳米级探头电极隐匿在诱人人工的蓝色流体中，等待被激活。PVz银色氧气管漂浮其中，由PVz氧气管与水缸外可拆式氧气罐相连，负责为蓝色凝胶物质里的人类输送氧气。一个氧气罐可提供给普通成年人十四小时的氧气。每家住户最多一次可以购买十二罐氧气罐。这时的欢喜看上去就像一个巨大鱼缸，或者说是一个外壁透明的游泳池，邀请人们进入。这是一种具有欺骗性的姿态。和其他性玩具不同，欢喜具有高度排他性。每台欢喜终其一生只服务于一人——它出厂后第一次的服务对象。

第一次，它与他/她建立适配关系。之后的每次都继续加深它的适配性。它的全部数值都采集自他/她。它的所有运动都为满足他/她。当他/她进入水缸，身体的重量将他/她拉入蓝半透明物质中，电极和探头感受到他/她的进入，带着凝胶，聚拢附着于他/她每一寸皮肤，进入到他/她的每一处深穴。鼻腔例外。欢喜把那里留给了氧气鼻罩。对绝大多数人类而言，爱欲在死亡面前只能止步。

没有人会察觉到这微小的遗憾。欢喜给予他/她极致欢愉，濒临人类承受极限。它读取他/她最深层隐秘的悸动，撩拨身体每一寸的能量，即时捕捉最细小的反应，或回馈或延迟或转移，变换强度频率模式温度黏性，无数排列组合，计算控制隐而不见，将人拖回深沉原欲中，退化为深海热流中地球最初生命体，在漆黑炙热强酸漩涡里，经历只属于他/她的神秘体验。整体的经验。

在过去被从身体割裂出来的性欲，只和性器官单独发生关联的性欲，重新回到了身体。性欲的满足是整个身体沉浸的满足。

手得到了解放。不用模仿性器官，在身体剧场扮演阴道或者阳具；不用使用工具，持有操弄那些性器的模拟物。这些最早的性玩具丑陋猥亵，热衷于外形上的相像。橡胶娃娃也只是徒劳地为人造性器添加了敷衍的外壳。除了目光的把玩，所有愉悦来自被单独出来的阴道/阳具。作用于局部，单调又机械的动作，与其说是满足性欲，不如说是处理人类过剩的能量，好像垃圾车倾倒垃圾。

欢喜是慷慨的。它使生命体摆脱精神分裂的尴尬境地：不用扮演成另一个人来满足自己，同时也不需要另一个人的在场。只有凝胶里的电极与探头。它们无意证明自身的存在，它们感受到需要（神经冲动），它们给予（物理）刺激，仅此而已。在容纳人身体的容器里，欲望能够回到最本真的状态并得到满足。

不是和自己，也不是和他人，在交欢中，生命体回到自身，他/她纯全不被他人污染，不断开采挖掘堕入自身的欲望。

形象不再是必须，无论来自真实还是幻想。

对公寓来说，使居住者幸福，窥探并满足他们的欲望是它必须遵守的道德。包括性欲。居住者性欲是否得到充分满足，与其说是考验夫妻感情是否和谐亲密，不如说是评判公寓是否合格。因此，欢喜作为现代家庭生活的福音，在家庭中的重要性仅次于主脑。即使空间紧张，每间现代公寓还是配备了包括两台欢喜，提供给居住同一屋檐下的夫妇更多选择：

当情投意合时，只要通过主脑联机，欢喜可以连接上对方的欢喜，以欢喜为媒介的洁净性爱就可以实现，是欢喜佛性力交合，也是一别两宽，各生欢喜。

事实上，比起最古老的方式，绝大多数夫妻更愿意使用欢喜交合。它更洁净，更自然，更和谐。欢喜能够平衡你的需要和对方的反应，弥补个体差异造成的落差，同时满足两个人。如果选择受孕模式，男性的精子将被收集并保存，在之后提供给女性。

在欢喜前，性从来没有被这样深入地理解和实践。

四

"所以我现在是在跟你吵架？"欣敏说。

"你是不是刚才说你不想。"卢硕说。

"我不答应你的要求就是吵架？"

"我的要求？这是不是应该是我们俩共同的要求。"

"你要小孩，我不要小孩。怎么是共同的要求？"

这么多年，欣敏还是每次都能被卢硕的脑回路惊到。要是几年前，大概她还能笑出声。

"你以前是不是说过不是不想要，是还没想好。"卢硕声音软下来。

"我现在想好了。"欣敏咽下后面那句话。她怕再说下去就没完没了。

人是这样的，彼此隔阂久了，就找不到能好好说话的方法。卢硕一直就听不太懂别人说的话。欣敏也没了当年那样的力气让卢硕明白她的意思。最烦的，不是互相明白对方的意思，而是时时要证明自己没有激动。只要话不合卢硕心意，他就让她镇定，不要激动，不要说气话。她降音量再降音量，放慢语速再放慢语速，都不足证明她的冷静。她问卢硕她是不是要时刻准备一套心理测试题外加心率仪来证明自己情绪稳定。卢硕说你直接问小壹是不是就可以知道。她说我有没有生气要问家里的主脑？卢硕说你看你是不是真的生气了。她几乎都是在这个阶段失控，声音突然飙高，又高又亮的声音从丹田送出直上云霄，连珠炮似的几句话炸开后，很快精疲力竭声音嘶哑。她又挫败又羞愧，好像一个拿着生锈园艺铲的疯女人。后来她终于学会克制，争论时不再高声辩驳。最想要说的话哽在喉咙，不指望被人听到，等待时间消化。将来哪一天，这些哽咽的字句终将模糊不清，连自己都无法辨认。到那时，她就真的平静了。她不难过。偶尔也会想起以前，那时大概也是哭过的，现在想起来，只记得手心里的纸团，也不知道之前是什么用途，最后落到她手里，被团起，又摊开，再团起摊开，破破烂烂，最后碎了。

"不着急，我们是不是还有时间。"卢硕说。

他用小心思的时候真可爱，就像他去不掉的这个口头禅，明明陈述句里却一定要用"是不是",一辈子的"是不是"。

他们"是不是还有时间"?

不是,他们没有多少时间。至少,她没有。欣敏今年三十六,眼看就要过了最佳生育年龄。卢硕说他不能让小孩妈妈高龄生产。超过最佳生育年龄再生育,小孩质量不好说,而且很多补贴福利拿不到。原话如此。欣敏脑子里过了好几遍才明白他的意思,暗暗惊叹,虽然有道理,但还是仍不住惊叹。

一开始在一起的时候,他也是让她惊叹的。想不起为什么,总觉得是很好的事。不由得想记起来,好事近在咫尺却始终隔着一层纱,看不清道不明,只觉得应该是可以牵动嘴角的许多好事,就像清晨偶然闻到柏树香气那样的好事。

"你想过没有,我可能最后还是坚持原来的想法。"欣敏笑自己,说得委婉。她怎么就不敢说出那五个字呢——不想要孩子。

"你是不是要好好想想。你现在每天工作不超过两小时,家务——"他耸耸肩,"家务是小壹在做。"

"所以我需要给自己找点事情做?"

"我是不是又不缺钱又不缺照顾,娶老婆最后是为什么?你是不是要想想。"

"他不娶老婆,怎么能出轨呢?结婚是出轨的必要条件。"

"瞎讲!"阿姆打欣敏,"这种话不能说出口的。"

"他把我当生育机器就可以拿出来说?"

"夫妻间有些话永远不能说出口。"

"说出来又会怎样?离婚吗?"欣敏笑。卢硕一定不肯。离婚代价高昂。公寓是政府给已婚夫妇的福利。按照规定,离异夫妇必须搬出公寓,自费租单身公寓。而城里的单身公寓租金贵得离谱。

"就因为分不了,才更不能说重话。两个人被绑在一起,为了自己开心,最好不要让别人难过。否则,绑在一起的就不是两个人,而是颗炸弹,要出事的。"

手头纸已经揉碎,欣敏手一抬,纸团划了个漂亮抛物线,落到地上,等扫地机器人来捡。

"阿姆和人绑了一辈子,阿姆开心伐?"

阿姆不说话。

阿姆肯定不是为了守住这一间公寓。那时候许多事情不一样。离了婚的女人要过活好像也不是完全没有出路。阿姆不肯多提,每次欣敏问,她就动气。阿姆越活越安分,越活越稳妥,退到小小的角落里。明明以前是个出格的阿姆,带欣敏出门偷吃排档,悄悄从草丛里捡起给野猫野狗的毒药,背着阿爸私藏饼干和纸质书,河滩放风筝玩泥巴吸野花蜜、涂色折纸,在旧鞋里种辣椒自己吃,最夸张的事是她自己说的，就是半夜背着还在襁褓中的欣敏溜轮滑。欣敏不记得小时候多少次为阿姆提心吊胆，多少次暗暗希望能和人调换阿姆。那份心情强烈又古怪。烦是真烦，又隐隐觉得骄傲，不由想象起自己长大的样子。

那时她以为她大概也会变成阿姆这样，高高兴兴地去做坏事。只是她不要和阿爸那样的人在一起，不要动不动吵一架，不要去照顾一个总嫌弃你不安分的人。

"没有我的话，阿姆会更开心伐？"

"那时候都鼓励生小孩。"

"阿姆后悔吗？"

"后悔什么？生下你之前，阿姆不太想事情。生下你之后，阿姆还是一样没心没肺。后来看着你一点点长大，阿姆突然醒转，不能再浑叨叨，要开始想事情。毕竟有个女儿要养大，要替她把之后的事情都想清楚。"

"阿姆嘴真甜。"

"瞎讲八讲，有这样跟自己阿姆说话的伐？"

欣敏贴到阿姆身上。阿姆的身体又软又松，但是仍然热，又热又慷慨，和小时候一样。

两个不说话，珍惜这难得的安静相处。趁阿爸睡着，大家都可以歇歇。阿爸睡不好有大半辈子了，年轻时身体强健，也是觉浅梦多，还爱说梦话。母女俩被吵醒后一起捂嘴笑他。到这几年人老了各种毛病找上门，几乎夜夜失眠。他一个人睡觉就是折腾全家人的大事。所有事情围着他不规律的作息转，他要睡时必须全家静默，他要饿了必须立刻上饭，还不能是速成餐。阿爸以前只是脾气暴躁，现在暴戾乖张，不可预测，时时刻刻会因为什么原因就爆发，破口大骂。什么脏话都能从那张嘴里说出来。换作以前阿姆一定不肯，家里房顶老早掀翻。结果阿爸脾气暴戾，阿姆反而变得更加忍耐，头一低，脸色一沉，带着孤身迎战千军万马的决绝，充耳不闻阿爸骂出的脏话。

其实也好。真的去吵能吵出什么，哪怕只是讲道理，也不会讲出个结论。夫妻间吵架全部鸡零狗碎，高级不到哪里去。欣敏想起她和卢硕的争论，满心不忍，怎么就沦落成这样？

"好久没说那么多话。"她幽幽长出口气。

"好久没那么安静。"

"早知道就早点给他吃药了。"

"他一直不肯，怕弄坏脑子，哎，你今天怎么来了？"

"前几天做了几个小菜，食材买多了，给阿爸做几个小菜，不健康，偶尔吃吃也没关系。"

"让快递拿就好了。"

欣敏不响。头低下，两边长发垂落遮住脸，过了一会举起手里一只折好的青蛙，给阿姆看。

"阿姆，男人是不是都一样？"

在门镜里看到快递员站在阿爸家门口，欣敏脑袋轰地开炸，里面上百个念头被炸得肚穿肠流尸横遍野。她转身确认阿爸没有醒来，几个深长呼吸后，缓缓打开门。身体一阵冷一阵热。

"有快递？"欣敏目光停在快递员胸前。

"哈，真巧。还是你搬家了？"

搬家？搬家是为了躲你嘛。欣敏心想，没留神控制好表情，眼睛一抬，和快递员四目相对。两个人互相盯着看，看不出什么，所以一味地看，看得忘乎所以。

欣敏别开面孔。"这是我阿爸家。我们没叫快递。"

"房管所派我来检查管道。"快递员跟欣敏解释，"做上门服务的人少。很多人都身兼数职。"

欣敏看他的快递制服。

"修理工的工作服也有。我比较喜欢身上这套，衬得我更好看，比较不像跟踪狂。"

欣敏抿紧嘴。

"你再不让我进去，这家的主脑会疑心的。我真是来检查管道。老人投诉好几次，说家里空气循环不好，老是觉得胸闷。主脑说没问题。但老人坚持，一直投诉到房管所。他们就派我来看看。"

欣敏把快递员领进屋。"师傅怎么称呼?"

"为什么压低声音?"

"家里老人在休息。"

快递员点头。单眼睑下藏好三分笑意。"叫我周佑。保佑的佑。"

"周佑。"

"嗯。"

欣敏跟在周佑后面,看他展开水墨屏卷轴,连上主脑,从里面调出两年里室内空气成分分析、流速记录等数据,还有管道图纸之类,再下去她就看不懂了。视之为再自然再理所当然的这点舒适体感,原来背后耗费巨大,操作复杂,一环扣一环。

她暗暗惊讶周佑能随意从别人家里的主脑调取这些数据。

周佑看出她的疑虑。"修理工注册时,个人生物信息都被上传给所在区域的主脑。上门服务时只要通过身份认证,就可以调取主脑信息。"

"复杂。"

"做上门服务工作的,一定不能是坏人。应聘的时候审查特别严格。"

——所以你是通过审查如假包换的好人。

欣敏听出周佑的画外音,知道他逗她,不想吃这一套。

但嘴上没有怼,心里已经说了。欣敏微微震荡。她从来不是爱说多余话的人,而现在他说一句,她能回一句。

周佑检查完数据,跑到隔间一角,指纹认证打开一角面板,露出半米宽长方形口。欣敏站在后面看得目瞪口呆,她还是第一次见到公寓的"里面",好多管道电线并行交缠,酷似人类经络筋脉。周佑伸手往里探,一番拨弄,不知怎么手指就挑勾出一根透明吸管,再顺着这根管一路摸索下去,半条胳膊伸到面板后面,整个人壁虎一样紧贴在墙上,又是一阵窸窸窣窣操作,眼睛看不见,全靠五根手指在黑暗里触探感觉,欣敏想起深海软体动物一些场面,又微妙又紧张。

"你看。"周佑说着,抽回手臂,举起手里握着的合金罐子。

欣敏接过罐子,管子比想象的沉。

"这是家里有害气体回收罐。主要收集废气和做饭油烟,收集分离回收进不同回收罐,最后循环再利用。嗯,可以这么说,实际上要复杂点。"

"这里面现在是什么?"

"一氧化碳。专门收集一氧化碳。"

"什么?"

"初代公寓当时还用煤气供热,于是就有了这个回收装置,到后来就一直保留下来。因为日常生活里也可能不小心产生一氧化碳,比如食物烧焦会发生碳化,继续燃烧,尤其是在不充分燃烧的情况下就可能会产生一氧化碳。当然这是以防万一。"

"嗯,一辈子能做几次饭。"

"老人抱怨空气不好,他经常胸闷头晕出汗。我今天把所有管道和气体回收罐都系统检查一下。"

"家里好久没开火了。哪里来不充分燃烧。那是安神药的关系,他不吃睡不着——药的事他自己不知道。"

"这下讲通了。不过既然来了,就好好给它做个大体检。"周佑掏出表盘一样的东西,围绕罐身仔细测一遍,没发现问题,正打算放回去,朝欣敏看,长眼睛弯垂成月牙。

"干嘛?"

"你要不要试试把它装回去。我来教你。"

欣敏看向最近的电子眼。"怎么,你们快递员连人家屋里头的监控死角在哪里都知道?"

"我现在是修理工。"周佑说。

许多错事,也不需要多勇敢决绝,只要脚一踩空就已经做错。一时间脑袋里面几千只蜜蜂嗡嗡乱飞,只有响声,不能思想,怕,大概是怕的,就是顾不上,心怀侥幸迈出脚,想着或许不会有事,就奔着姹紫嫣红暖香温玉去了,幻境就幻境,这就够了。

事后欣敏颠来倒去想了几百次，阿爸厨房监控最多能拍下相互紧贴的人影，手臂缠绕带着小半个身体一起隐入面板后面黑洞。欣敏对自己说不用怕。被拍下来又如何，阿爸几乎不看。等了几天，阿爸那边也没有动静，欣敏总算放下心。她现在多少体会到卢硕的心情，原来越是心虚的时候越是要表现从容。道理早就懂，自己实践了才更能与卢硕共情。到底这也不算是什么危险游戏，一对同床异梦的夫妇，各自偷情寻欢，连说谎都敷衍潦草，不能给私情增加一点刺激。欣敏不由纵容自己奢望，此时此刻这微妙平衡永远不要打破。她不想要更多，也不想失去眼下拥有的。上一次生出这样愚蠢念头的时候，还是在婚礼上。

大概因为有过经验，这次她才能留出一部分心智继续冷眼看自己，从头到尾梳理，觉得不安。如果卢硕那里没有问题，到底是什么让她不安。她好像是个捕蛇人站在荒石岗，疑心每块石头的影子里都有玄机，焦灼惊惧，但还是心存侥幸。

只差临门一脚。因此更有理由侥幸，现在退后还来得及。这么想的时候，却不自觉地盼着下一次见面，一遍遍回想当时她们在阿爸家约定下次见面的情景，心思愈加火热，忍不住重温，觉得新鲜美好，重温多少次都不褪色，是活生生的一份心思，满满当当，一开口就会泄漏。欣敏因此格外沉默，和小零都不怎么说话。她不开口，小零也不会开口。没想到私会当天,她正要出门,小零开口了。

你这两天心情不错。小零说。

工作比较顺利。再说,前不久不是刚和丁宁他们聚会。

是的,是的,大家都好吗?

嗯,都好。欣敏瞄了一眼钟,打开衣橱。对不起,这两天疏忽你了。

没关系的,你知道的,我是聊天机器人。你需要我,我才出现。你今天要出门?

我去阿爸那里看看,他这两天觉得胸闷。电子家庭医生看过,在线医生也换了好几个,都找不到原因。欣敏手里拿着两条裙子在镜子前比划,拿不定主意,刚要问小零意见,幸亏脑筋转得及时,果断穿上收腰佩斯花纹的连衣裙。

需要我帮忙?小零,不,是小壹,敏锐捕捉到她转瞬即逝的需求。

没有。我走了。回来聊。不知道为什么刚才那番话让欣敏背脊发凉——荒山岗上她翻开一块石头,底下一团黑影蹿起,没入草丛遁走了。

去旅馆的路上欣敏满腹心思,脑子里各种声音混响交织,然后一个声音盖过所有杂音:快回去,还来得及。偏偏是这个声音让她回不了头。她只想做一件单单自己想做的事。

周佑迟到了。欣敏找到房间按响门铃没人应。下午三点半，走廊里一两个客人经过，眼神老到，欣敏窘急，面孔冲门，继续按铃，按到举起的肩膀酸疼，仿佛被单手吊在这窘境中，欣敏再也坚持不下去，转身要走，一头撞到后面迎上来热烘烘的身体，宽肩长臂硬邦邦肌肉将她完全罩住。

两声轻得不能再轻的声音响过。声响振动耳膜，好像两根紧绷的线绷断的声音。

是锁舌。

门在他们面前滑开。

热烘烘的气息褪去。

两人重新躺下，胸膛起伏渐渐缓和，汗水慢慢挥发，一丝不挂并肩仰卧，漂浮在各自的虚空之海上。

"你知道我喜欢你什么？"周佑问。

欣敏骇笑，嫌弃这三流烂俗的台词。

"你知道你喜欢我什么？"男人换了个问题。

"我喜欢吗？"

周佑笑，双手垫在脑后。"我不在乎的。"

欣敏思想他的话，大概率是真的，绝大多数的事情，这个男人不在乎。但也有在乎的事，所以才兜圈子表示自己不在乎。男人在还有几分心气的时候，总是会在意自己表现如何，总是想要赢过**欢喜**。第一次欣敏觉察到他身上的一丝稚气。她端详面前这张脸，这还是她第一次那么认真看他，暗暗惊讶他的年轻。

她当然不会去问他多大。她不要问他任何问题。

不猜疑，不想象，许多问题搁置在那里就好了。对卢硕也一样，她不去想象他有几个女人，那些女人的样子，或者其他。她不愿意去想。那样会让她觉得自己很可怜。

"笨笨的挺好。"欣敏说。

"笨？我吗？"

"机器只知道聪明，笨不来的。"

周佑眼睛动了动，想要问什么，中途变了主意。

欣敏猜到他的心思，笑笑不说话。她大概以后都不会嫌弃这个人。对女人体贴是天赋。他不仅有这个天赋，还有这个爱好。不知道是不是他们这个职业特征。

"你在想什么？"

"我在想你的同事都是什么样的？"

"你想……"他作势扑过来。

欣敏按住他。"问你个事，你老实回答。"

她不问他问题，除了这一个。这事和她有关系，只和她有关系。

"你说你知道监控死角的位置，这是假的吧？"

周佑笑笑点头。

"所以监控拍到了？"

"监控拍到，没有关系。实时监控，一个监控一天拍下二十四小时画面,你知道这个城市有多少个监控头,谁有空去看。只要不看,拍到了又怎么样?"

欣敏顺着他的话想下去。"监控拍下画面,主脑一一识别,挑出其中有问题的反馈给人?主脑的识别标准又是什么呢?投入应用前肯定接收过强化学习,它们的判断标准应该和人类伦理道德同步。它被创造出来就是为了照顾家庭,让自己家的每个成员健康幸福。这是它们的核心算法。每家主脑考虑的是自己家利益。所以就算是看到一样的画面,反应也会不同。比如阿爸家主脑看到我们亲热不认为有问题,但是我们家小壹看到我们俩……"

周佑喉咙发出咯咯笑声,好像坏掉的机器。"你为什么觉得主脑不会说谎?它觉得画面有问题,就一定要做出反应?它也可以不反应,甚至帮着掩盖问题。反正只有它知道。主脑大概比我们人聪明,但真的不一定比我们诚实。它有它的心思。没错,照顾家庭是它的算法核心。它所做的一切都是为这个家好。可是,它觉得为这个家好,和你以为的为这个家好是一回事吗?我跟你说监控有死角,其实也没错,死角就在主脑这里。"

欣敏不说话。她闭上眼,忍受突然起来的晕眩。眼睑后面有什么东西一闪而过,激起红色涟漪。她看到了那条蛇。

人们相信主脑。

超强算力，超大记忆储备，永不出错，永不疲劳，公正客观，全力维护主人及其家人利益，让他们快乐。

人们相信主脑胜过相信自己。大事小事琐碎事交给它操持，公寓各个系统由它控制。

"我们几乎把一切都交给了它，却从来没有想过它会撒谎。"欣敏暗暗惊慌。从酒店回来，她开始失眠。周佑的话一直萦绕不去。他让她好好想想是谁帮着卢硕中途截断那些"寄错"的快递，把它们放到储物柜。

周佑说的没错，主脑有主脑的心思。许多事，以前不去细想，今朝被周佑一语戳破，全部暗合。阿爸家的主脑知道她悄悄喂阿爸处方助眠药，看见她和周佑亲热，小壹知道卢硕悄悄处理挑衅快递，也看见她和周佑亲热，它们都选择沉默，甚至帮助。

如果主脑认为说谎有利于这个家，那么它就可以说谎。主脑可以做出任何它认为有利于这个家的决定。

它认为的。

她生活的平静安稳原来全部来自小壹的判断。没人知道判断背后的标准是什么。公寓里的黑盒。公寓里的大象。

到了第四天，仍旧睡不好，安神药也没有帮助。工作进度拖下太多，欣敏硬着头皮开始工作。短短半个小时出了三次错。欣敏起身，给自己倒了杯水，全程感觉到二十八只眼睛从四面八方在盯着她看。

她呼唤它们。

小零,在?

当然,你知道的。

有点累。

嗯,你这两天的出错率不低。没睡好的话,要不要帮你连线医生。

欣敏听出这是小壹。为什么?两天睡不好去看医生的依据是什么?为什么不是三天或者一天失眠去看医生,为什么不直接吃点药?

你不相信我。

相信,我只是好奇需要去看医生的依据是什么?

心率,认知水平,脑皮层活跃度。

哦哦。让小壹费心了,每天都让小壹操心,替我做好多决定。

我是小零。我不辛苦。

对不起,小零。欣敏说。你不辛苦。

你需要睡觉,还有,相信小壹。

它是肯定为我们好。欣敏说。

她知道整个城市的主脑能够相互联结,还能进入任意网络系统,也就是说只要小壹愿意,它可以连通城市所有监控和交通住宿系统,跟踪她的行踪。欣敏相信至少小壹已经对卢硕这么做了。站在同一立场,她忽然理解以前卢硕在小壹面前畏畏缩缩的样子。

在他们的家神面前,他们俩没有秘密可言。

小壹选择缄默,这是它把所有参数纳入计算后得到的最佳结果。

在把所有参数纳入计算后,家神做出决定,保持沉默,维持现状,至少现在如此。

她坐在火山口,日日夜夜坐在小壹的计算结果上,不敢轻举妄动。出轨被曝光是所有女人的噩梦。欣敏不能冒险。见不到周佑也没有多煎熬,难受的是无休无止不间断被几十双眼睛观望,几十双耳朵听着,电子通讯线上联系亦统统被收入旗下。

许多事是这样,睡着更好,一旦醒来,看到房间大象,如果不能出去,只会觉得窒息。她甚至不能和任何人说。通讯发达,但每个人都被照顾她们的家神隔绝。欣敏告诉自己忍耐,她绝不是第一个察觉到这点的人,只要足够忍耐,总会习惯,然后忘记,回到正常平静生活,假装仍然掌控生活,仍然拥有自由。

她不是没有忍耐过,习惯过,忘记过。从古老的教育里习得的智慧也可以用来与人工智能相处——但是,实际上却失效了。

过去四天,她一日比一日恍惚,时刻觉得脚下在晃。她本该为了私情受苦——贪痴嗔慢疑一系列爱欲的功课,本该提心吊胆担心私情会不会被小壹曝光,按照正常人类偷情流程,理应如此。可她满脑子想的是小壹,她的家神:它拥有绝对权威,它的智慧深不可测。它有它的道德标准。它说谎,为了贯彻它的道德信念。

她感到畏惧,迟钝又模糊的畏惧,应该不安,又觉得戏剧性的灾难不会真的降临,至少不会降临在她身上。不具实感的畏惧令她惶惶不可终日。欣敏清楚不能再继续下去,必须立刻做点什么。她没想到是会有人恰好在这个时候闯进来,狠狠推了她一把。

"欣敏?"喇叭里的人声听起来不太确定。

"丁宁?"欣敏问。

"嗯。是我。"那边说完就沉默了。

欣敏知道出事了。认识十几年,丁宁总共给她打过三个电话。现在来电又不说话,一定是大事。

"什么事,说吧。"

"阿璨没了。"丁宁说。

欣敏不说话。丁宁还是第一次在她面前那么慌张,说话不讲究。

"我帮阿璨找到一间条件不错的单身房,地段房租都可以,就是要尽快定下来。我马上联系阿璨,可是电话打不通，留言也不回。过了两天还是这样，我就开始担心。她回复一向慢，但最慢不会超过两天。除了上次。她身体已经很弱，肯定不能让她再去为钱做什么傻事。我又等了一天，没办法，让朋友帮忙，搞到她的地址，找过去，那栋楼连电梯都没有，房间和厕所一样大，还有蟑螂，臭得……"丁宁哽咽。

"阿璨在吗？"

"没有。房间里还留着一些她的东西，但是跟我一起去的朋友说，肯定有人在我们之前去过。阿璨的证件都不在了，一些个人物品也没了，会不会是她自己带走的？"

"什么时候的事？"

"今天。我们今天去的。"

"阿璨住的老公房没有主脑也没有监控，但是街上应该有监控。能不能让你那个朋友查一查？"欣敏知道丁宁身边一直有个很能帮上忙的朋友，帮过她不少一般人帮不上的忙。有一次她喝多了向她们炫耀说他穿制服好看。

"好。"丁宁说，"欣敏，我觉得不太妙。"

"不要乱想。"

"你到这个地方来看看就知道了。我朋友说事情可能会复杂。"

"不要乱想，丁宁。"

"不会像上次那样吧？"

"你把地址发给我,我待会就去。"

"你知道现在几点,你一个人不安全。"

"好,我明天过去,你先发我地址。遇到事,我们就解决它。现在太晚,家里会担心,你尽快回去,明天再说。"

"聚会的时候你们聊得比较多,她还好吧?"

"阿璨就是那样子,你知道的。"

阿璨是什么样子,她们真的知道吗?

认识那么多年,她们对她所知甚少,连年龄都是前不久才知道的。那次聊到古早漫画,回忆童年时代,四人报出年龄:慧昕三十,欣敏三十六,丁宁三十七,阿璨四十四。大家惊讶,一直以为她比欣敏还小。阿璨的事,她们确切知道的好像只有这个。仔细想来,她们连她全名都不知道——阿璨,怎么会有人真叫这么奇怪的名字。

阿璨很少说到自己,好像有些人生来不擅长谈论自己。她滔滔不绝的事都和她没有关系。她喜欢那些不着边际的事情:音乐、诗歌、戏剧、漫画、科学史、花样滑冰甚至儿童益智游戏。只要时机合适,她能从任何话题转到这些事上,眉飞色舞,话语顺着前倾的身体向外源源不绝地涌流:从起源流派、轶闻趣事,到它们产生的影响以及她自己的观点……她就这样活在对抽象之物的热爱中,误以为能以此为食。

而她们一直以为，认识那样一个阿璨就够了。

这些年她怎么勉强过活，她提一点，她们就听一点，能帮一点就是一点，小心翼翼只到那里。中间一道若隐若现的线，两边都小心不越过。

你不能看着一个人在你面前掉下去而不伸手。但你可以选择不看，告诉自己这种事不会发生。

直到它发生。

"我跟你说过的，人不应该在另一个人身上寻找岛屿，哪怕她快溺水而亡。"

欣敏抬头看见阿璨站在面前，还是那件洗白了的单宁外套，T恤上一块褐色污渍。欣敏说阿璨阿璨，说不出其他话，她不能像以前那样嘲笑阿璨拿书上的句子当日常用语，更不好告诉她自己早就有不好的预感，却想不到能为她做什么。

"跟欣敏没有关系。"

欣敏说阿璨，还是说不出其他话，心里着急，想要问她去了哪里，声音堵在喉咙口。那里有一道关上的石门。

晨曦的光斜照在阿璨身上，她的皮肤透出光，整个人没了颜色和轮廓，渐渐透明，在光里消融。光完全穿透她。她消失了。

欣敏听见有人叫她。

去床上睡一会吧。小零说。

欣敏没有动,在黑暗里体会梦的余温。她刚才睡着了。在连续失眠四天后,她终于趴在桌上睡着了。

小零,我梦见阿璨了。欣敏说。

别难过。说不定过几天她就回来了,像上次那样。你们说了什么?

一些傻话。小零,我不是别人的岛屿。我害怕。

你知道的,我一直都在。今天要去阿璨家看看?我给你叫车。

欣敏起来简单梳洗,在洗手池随便抹了抹脸,直起身时忽然浑身发抖——墙上镜子里清晰映出整洁摩登的卫生间,里面空无一人。

小零,我还在吗?欣敏问。

小零叫的车还没来,丁宁的聊天室邀请就来了。

"晚上吧,我现在要去找阿璨。"欣敏回。

"不用去了。你先进聊天室,慧昕也在,我有话要讲。"丁宁回。

欣敏的心一下冰透,好像再次看见盥洗室墙上没有人像的空镜子,像只被挖空的眼睛。

她点击同意进了聊天室——看见她的虚拟分身推两扇门走进南方古老花园,沿逶迤曲廊攀山畔水,经过池塘中心一座假山小岛,背向粉墙黛瓦错落有致的楼阁书馆,一路上忽明忽暗穿梭树影湖光,停在松竹芭蕉掩映中的一个八角亭子前。分身看见慧昕和丁宁已经到了,和她一样,都是本人形象。

这里曾是她们四人的桃花源,丁宁按她的心意定制的小世界。

"说吧。"欣敏听见自己说。

"我来说吧。"慧昕说。

欣敏转身看向池塘,大片墨色荷上露出尖尖花苞。阿璨一直讨厌荷花。

"跟你通完话,丁宁的朋友查到阿璨的病历,I期恶性肿瘤,就是说如果尽快手术问题不大,但她后来不知道什么原因一直没有再去医院做进一步治疗。还有——这是今天早上刚知道的——阿璨欠了高利贷,利滚利已经是很大一笔,我们都帮不上的那种。"

丁宁打断慧昕。"那家高利贷公司背景很硬,和各行各业都有勾连,把人完全榨干后还可以再卖一次,员工都管借贷者叫柴肉。以前就听说他们家有几个借贷者最后下落不明。"

欣敏笑了。柴肉这个词的确适合阿璨。

"只是传闻。"丁宁补充。

"我想救她。"欣敏望向身边人。即使知道她们是幻影。

"你先别急,丁宁就是怕你着急,才把你叫到聊天室。"

慧昕说。

欣敏不响,只看丁宁。

"你救不了。我们加在一起都不行。太晚了。而且也未必和高利贷有关系。"

"先还高利贷。多少?"

丁宁说了个数。欣敏哑然。园中分身颓然坐下。她和她的决心原来也是幻影。丁宁和慧昕近身抱住分身。幻影与幻影都没有温度。

她本来打算变卖所有,再加上储蓄,但在丁宁说的那个数字面前,不过是杯水车薪。生平第一次,觉得金钱这般重要,也是第一次看清楚自己。

"找私人侦探?"分身做最后挣扎——如果丁宁那个制服朋友都无能为力的话。

"有些事也许不知道会比较好。"丁宁说。

"是啊,如果知道了也帮不上忙的话。"慧昕说。

连慧昕都比她明白。

所以丁宁才把她们几个兴师动众约到这里,不是为了救人。她们已经准备怀念她了,至少是把阿璨的事在这里做个了结。

"今天这是欢送会?"欣敏笑了。

心头阵痛。她最终还是和她们一样抛弃了她。

"我知道你们要好。我会让朋友留意,如果阿璨出现他会告诉我。现在是能去找的地方哪里都找不到,明白吧。你不要乱跑。无头苍蝇瞎找没有用的。"丁宁劝。

分身不响,直接虚化成雪花消失。

欣敏切断连线,非常规操作退出聊天室。

欣敏看着对面男人将最后两根叶子形状西红柿塞入口中,嚼着起身,拿起手机进到自己隔间。这几天做速成餐时她总是放错模具。于是就有了叶子状西红柿,块状米饭,面条状鸡蛋等等。卢硕倒并不介意,吃的时候眼睛落在手机上,专注上面的理财分析,把餐盘里所有食物草草倒进肚子就回到自己世界。他看不见奇形怪状的食物,也看不见做这些食物的人。欣敏在他眼里已经是透明,自从上次争论后,他就是这样。视线即便碰到她,也是穿透,落到她身后的东西。他当她是空气,比之前更是,不会惊讶她的恍惚,也不会和她动气。唯一一次发怒因为要穿的衣服拖了三天都没洗。在洗衣筐底下发现皱巴巴的外套那刻,他真的不开心,把洗衣筐往地上一摔,自己忿忿碎碎念唠叨很久。

欣敏看卢硕种种举动,好像一场独幕默剧,反复播放。她在远处黑暗里看聚光灯下戏里日常,男人与不被看见的女人在狭小公寓里交错而过,各行其是,生活得如同荒野,无穷尽单调的冷寂。很早前那女人大概也是说过话的,但是不被听见,也是曾经为了被看见走到男人面前,但是仍然被目光穿透。现在她终于完全透明,得到安息。女人永恒的归属。

欣敏不觉得受伤,也不觉得卢硕有意冷战要令她难过,他大概是真的看不见她,又或许她大概真的是透明,脚步轻飘,在光里看到分解的七色,总是能听见面板后面机器运作的声音,不知道什么时候就突然睡着,睁开眼要想很久才记起身在何方,现在是几时。迷糊上很久才想起阿璨不见了。

欣敏看着公寓里的透明的她,一点都不惊慌。真正的她应该正在虚拟八角亭中,她从那天起就再也没有离开。这个虚拟空间存录阿璨分身的数据,保有她在里面的分分秒秒一颦一笑。只要欣敏调取,随时就能看到一个阿璨,做着她过去做过的事情。欣敏没有,她只要待在那里就满足就心安,和阿璨留下的痕迹在一起,互相印证对方的真实。只要她们在一起,就都是拥有血肉之躯的活人。

古人说游园惊梦,朝飞暮卷,云霞翠轩遍青山啼红了杜鹃,荼蘼外烟丝醉软。其实梦可以不醒。

都不需要借助科技,连线进聊天室,她只要心在那里就好了。返身冷眼旁观公寓里的日日夜夜,和她毫无关系。

"丁宁没说错。阿璨的确跟我最近。有的话她只跟我讲。"

"讲什么?"阿姆问,一边抽走欣敏掌心的纸团。

阿璨也会那么做,几乎一样的动作。哪怕那时说了那样的话,她还不忘抽走欣敏的纸团。欣敏告诉阿姆那时阿璨说的话。"她说穷人是很难交朋友的。我问为什么。她说因为大家会觉得只要对她好,谁都可以。"

阿姆点点头,好像明白了阿璨的意思。她是怎么就明白了没头没尾半句话。"人的命太惨在别人眼里就成了鬼。"

"阿姆你又在乱说话。什么鬼不鬼?"

阿姆不说话。

"我要是多问一句就好了。她说这话的时候,还有聚会的时候。阿璨有她厉害的地方。阿姆我一直觉得阿璨很厉害。只是她的能耐在别的事上,不在活着这块。"

阿姆低头侧耳听得十分认真。欣敏以前没和她提到过这些朋友。大概从她毕业后,她俩之间的话就越来越少,结婚后更是连面都不太见了。

"她的能耐在哪里呢?"

"她真的很闹,不停冒古怪点子,你能一眼能看透的心思,知道她对人和事的看法,可谁都没法预测她下一步会做什么。"欣敏抽一张新纸折出颗星。她想起以前阿姆也是这样。刚才的话好像是在怀念阿姆。

阿璨和阿姆还是不同。阿姆一个人往前冲,身边人脚步慢了就会被丢下。阿璨真心实意鼓动别人跟上她,撺掇一起做坏事。遇到欣敏和卢硕不开心,阿璨就说欣敏搬来一起住吧。她真是完全不管不顾,不留余地,怎么都要单身。人人都步步紧随的生活,她逃得比谁都快。再落魄都兴致高昂,作为物种,也许是走到末路,但还是要努力活下去,能多走几步是几步。

"好是好。但是欣敏不要跟她学。"

欣敏笑。阿姆懂她,知道她心底里羡慕。她是真喜欢阿璨那种再落魄都兴致高昂的劲。所谓逃跑,也许是背向这个世界的另一种奔跑。向着一个新世界,也许在那里有一丝生机。

"有时候我觉得我是有办法的。试试看,万一呢?就真的没有一个人也能活下来的方法?想为自己活着,一天都行。"

"不行的,你要考虑现实问题。千万不能冲动,好不容易到今天。你们现在已经比我们那时候好。"

"阿姆有没有觉得,丧偶的人活得都还不错,也不用搬出公寓。"

欣敏看向阳台。金属支架上阿爸精神抖擞,清晨是他一天最开心的时间,借助金属支架,他拉伸身体,做起晨操。他已经人机一体,毫无芥蒂接受赛博格的自己。很难想象就是这个人,最初连人类看护都接收不了,病得瘫在床上,大小便失禁,出现逆行性失忆,仍死抓着体面,不肯使用尿垫，更不肯在外人面前洗澡排泄。欣敏说阿爸如果不习惯请人可以请机器看护，阿爸大怒说机器看护眼里看到的东西岂不是都上传到云上，监护的维修的管理的做数据统计的谁想看都可以看到，说不定还拿他的视频做案例分析或者宣传片，欣敏提醒阿爸以他的情况应该还不够级别做宣传片，阿姆拦住她不让她再讲，阿姆说再讲就是要让阿爸血管爆裂当场气死，欣敏不响。于是每日三餐洗澡清洁按摩全部都由阿姆来：洗澡时在他手里放一条毛巾，即便他发脾气打人，也只是挥舞毛巾；擦干身体包括皮肤皱褶之间；帮助他排便，私密部位涂上凡士林做好基本保护；每天穿衣必须随他心情，于是趁他睡着悄悄把不应季的衣服都藏到角落，按穿衣顺序由近及远摆放——从贴身内衣到裤子衬衫毛衣；一天扶他起身坐进轮椅二十多次……

阿爸总是抱怨，许多不满，说着说着自己忘了就再数落一遍。他越孱弱越暴躁，阿姆越怯弱，整个人脱水了一样小了一圈。最后几年，阿姆所有主动性全部创造力都放在怎么制造出合阿爸心意的假象上。也就是这样，这两个人配合默契，成功守住了阿爸的体面。

"你看他，其实和小孩一样，坏的时候坏，好的时候很好。一辈子辛苦工作。他也是这几年身体不好脾气才暴躁。让让他。他这个身体不能生气。你要知道，你阿爸和别的男人不一样。他结婚后就没有和别的女人……"

阿姆的话好像几千只蚂蚁爬满背，直逼脖颈。最后几年，阿姆开口就是这几句，反反复复刮擦着她们两人的神经。就算欣敏知道阿姆需要这样说给她自己听，欣敏也受不了。她跳起来。阿爸转过头，目光聚焦到她身上，有那么一秒延迟，脑中芯片告诉他眼前这个女人是谁。

他现在已经是健康人，在脑内芯片和身体支架加持下行动自如，思维敏捷，能够生活自理，只剩下睡眠问题——没关系，有他的女儿暗地里帮他解决。他又是一个体面清爽的老头了——虽然对欣敏仍然脾气暴躁，他怪她怠慢他，怪她还不如阿姆机灵，或者更早怪她不是男孩。但这并不妨碍他仍旧是个可爱优雅的老头。最脏的字，他只对她说。对外人，他立刻翻出俏皮逗趣的时髦话去讨人喜欢，哪怕是数落抱怨，也是旁征博引妙语如珠。社工邻里夸他开明，乐于接收新生事物：其他老年人还停留在机器护理的阶段，他已经将自己改造为赛博格。说的没错。阿爸的确心态开放，阿姆走了之后，他一下什么都能接受了。

欣敏看阿姆，小心翼翼眼角偷瞄，生怕惊动她。她那么轻，那么薄，纱一样飘展。

阿爸瘫痪后三年，阿姆先走了，一开始只说背疼，以为只是肌肉拉伤，疼了几个月，有一天晚上，吃饭吃到一半突然说累，躺到床上再也没醒来。阿爸家的主脑察觉不对立即打了120,然后通知欣敏,但已经晚了。阿姆最后的神态安详平静,几乎可以说是在笑。

"阿姆。"欣敏轻声叫。

阿姆刚才站的地方空荡荡,只剩下窗外树叶摇曳的投影。

其实她和阿爸一样,也是在阿姆走了之后,才能坐下来和她说说话。

她比阿爸还不如。阿姆活着的时候,她就抛弃了她,她把她留在那样的生活里,让她一点点在孤绝里透明。阿姆活着的时候就成了鬼魂。

欣敏抬头看墙角电子眼。家神一直在看着她。欣敏好奇,家神能看见阿姆吗?家神能看见鬼魂吗?

仍旧是失眠。有时候睁开眼也觉得是在梦里,有时候在梦里睁开眼,然后都会看见阿姆和阿璨。她们站在雨里,浑身微微发亮。谁都不说话。大家互相看着笑。

是第几天晚上,卢硕没有回家。早上回来,他走进欣敏隔间,递过来一份协议。欣敏望着墨水屏发呆。他居然又能看见了她,为了给她这份协议。

"传给我不就好了。"她说。

"是不是必须用这个专门签字板,法律才认可。"

《人造子宫受孕书》。欣敏读签字板上的内容。卢硕想要取她的卵子，体外受精体外培育。"是不是只需要最后半个月把发育好的胚胎放进你子宫里，你生出来就好。"卢硕说。

"生出来就好。"欣敏笑，"下蛋吗？"

"优生法是不是规定如果没有疾病必须由母亲经产道生下孩子。"

"或者可以不生。"欣敏不明白，他为什么要困在这个执念里，要在这个世界繁衍后代，造出一个孩子呢？然后呢，他又不会爱。为了以后老了抱怨没有好好得到照顾吗？啊，对了，男人如果没有孩子会影响事业发展。没有明文规定，但谁都知道。

"你是不是太过分了，我已经愿意体外受精体外发育。"

"人造子宫代孕很贵，而且不是自然生育，你要少拿很多政策补贴，是不是太委屈你了？"

卢硕一把掀翻桌子。桌子很轻，飞到半空。桌面上的物件疾雨般打来。

欣敏迎向暴雨。每一个物件的坠落都激起她神经深处的战栗。

她激动地发抖，忘记手里不是纸团，试图揉捏墨水屏。

"一样是卵子，你何必要我的。其他女人也可以给你不是吗？"

卢硕脸上怒气凝住。他听出话外音。好像被捆绑很久的人突然松了绑，他笑起来。"你是不是傻，我要婚内合法后代。非婚生子被查出来会直接丢掉工作和公寓。"

"谁知道谁在意,你去取了就可以。"

"你是不是以为我们还有什么隐私?我们的事有什么是它们不知道的。"

监控

当第一次可感波长的光线被视网膜神经细胞捕捉,就有了人类意义上的观看。望向周围,寻找食物,警惕敌人,避开障碍物,在影子中确认自身。

有一种幻觉,望向就能攫取,从人类眼睛出发的视线能够收割它所途经的这个世界。而事实是,被反射折射的光线带着事物的信息被视网膜细胞接收,经过大脑处理产生了可被理解的世界影像。眼睛作为光线的终点,实践着单一视角的捕捉,无法同时观看;大脑作为受限的生理器官,过滤、筛选、组织它所接收到的信息,无法摒除主观偏差,也无法完全记录。

摄像头出现了。多视角甚至是无死角的观看诞生了。世界陷入电子机械永久凝视。电子眼睛不会疲惫,不会有错觉,它们同时出现在世界任一角落,客观记录捕捉到的画面。

温控仪、气味分析计、监听录音机，丰富了"观看"的意义。它不仅仅是眼睛的任务，而是成为隐喻，指向全方位超人类感官的监控。无时不刻无所不在朝向每一个人的"观看"，并以威慑性的存在方式提醒着"被观看者"，遵守法律不要逾矩。因为你的全部都被看到，都被记录。身体在"观看"中驯服，完成了从观看到监控的进化。

城市里，每个角落都布满监控，公寓、饭馆、出租车、工作单位。

全民的监控等同于监控的民主性等同于绝对安全。言语行为在身后留下影子，相应的扁平的信息，被牢固地记录在云端。公寓里的主脑，连同它们公寓外的同谋一起甄别出违法的、不道德的、可疑的内容，并做出相应反馈。外表、面具、秘密、谜题、诡计和谋杀没有容身之地。

同样，能帮助预判人类需要推导行为模式的信息也被传导到相应的服务系统。

人们，不单单是女人，还有男人，把自己交付给一个无所不见的、时刻在观看控制着他们的系统，换来合心意的看护、照顾、安全。

监控系统，永恒的正午之日，绝对之物，将一切有形之物曝晒。

只有从外在的世界逃逸，进入隐秘的内心世界，在那里或许有一丝阴凉。

五

手底下是温暖丝滑的存在。按压下去的最初，会遭遇到微弱的反抗，再接下去则是完全的拒绝，只有真实存在之物才能给予的拒绝——那是她的骨。不全是曲线，会遇到倔强的骨中途横出，会遇到凸面之间的凹陷，还有被体毛覆盖的地带，经过一颗不规则的小凸起，在眼角，嘴角一开始更像一道裂缝，在那里指腹中间一小块皮肤无处着落，它没有能碰触到的肌肤，它落在没有回应的地方，很快更娇嫩的触感填补了它的空虚，上唇微微翘起，友好地迎接着手指的确认，柔嫩湿润像室外早晨的植物，上下唇交接的地带微微皱起，似乎为了抿起消耗掉过多水分，下唇完美地展开，弧度最饱满的那个地方光滑柔软，是绯红色的，和上唇不一样。

她费力地辨认镜中那张陌生的面孔，用镜子里的手确认镜子里的脸。欣敏已经很久没见过自己。并非不可见，她好像已经消失，组成她的原子在薄荷色的空气里四下逸散，连意识也稀薄，只剩下最后一点。直到在丁宁的盥洗室里重新见到无数自己。

三十平方米蜂窝状的盥洗室竟然是个微缩镜厅。除去坐便器隔间外所有墙面贴上镜子涂层，镜与镜对照，无限次成像。无数镜子里的手确认无数张镜子里的脸。手底下的皮与骨有了实感。

欣敏心里凄然。她想象丁宁站在此地，被镜中像层层围绕，层层观看，在黑色大理石地面上犹如一朵巨大花朵的花蕊。她必须日日借无数虚无的目光证实她的存在。原来谁都没有好到哪里去。

但是至少，丁宁能够搭建她的镜厅来坚固她的影子，不沦为透明人。她们四个人从来不在一个世界里，这一点阿璨早就知道。

这是第一次到丁宁家来。以前四个人说过许多次，总有事耽误，这次居然约了一次就兑现了。丁宁请她们来家里聚聚散散心，最重要的是把厨房借给慧昕让她学做菜。慧昕不知道从哪里听到谏言，打算婚前恶补厨艺，要欣敏教她四样小菜。欣敏说那几样学起来麻烦，与其学个半吊子，不如精通两道做法简单的小菜。丁宁说正好到我家里坐坐，我来备食材。欣敏说好，写了个食材单子给丁宁。

约定日子上门，出租车驶进郊外赫赫有名的住宅群。十几栋蜂巢状建筑，六角形巨型窗户组成外墙，窗户之间骨架被绿色植物覆盖，灌溉的水引自建筑中心的湖泊，据说在特殊时期，中心湖可用作发电，提供整栋楼一个星期的用电量。欣敏上电梯，从中心笔直穿过六角形晶格迷阵来到丁宁家。

进到一个没有折叠伸缩空间的世界。四个房间外加盥洗室和厨房呈现蜂窝状,房间房顶呈圆锥形。家具精心摆放在外面,材质款式颜色相互呼应。还有不少陈设与软装潢。六角形客厅中一面绿墙一面花墙。

比起光伏玻璃、弹性地面,这才是真正奢侈。技术允许人类在自己生活中模拟自然。欣敏惊叹。

丁宁把慧昕和她让到沙发,打开冰箱倒果汁。欣敏目光扫过旁边的照片墙。二维三维图像有序排列,展示主人优雅生活切片。大多数是家人合影,也有丁宁独自一人,肖像或者快照,哪怕是慌乱中抓拍也无损于她的美丽。其中一张,画面中心,她身着白色V领衬衫,大笑着正转身带动左手向回收,漂亮的长卷发甩出模糊的虚影,似乎刚从一个快乐却漫长的舞曲里挣脱出来。那好像是一个灯火辉煌的大厅。能看到枝形吊灯还有她身后的镜墙。也许是因为太拥挤了,一个穿黑色夹克的男人被挤到边上,在照片上留下了他大半个背影。实在不能算好照片。欣敏还想看,丁宁已经端来果汁。

"走,去厨房看看。"她在前面引路。

欣敏慧昕跟上。这是梦想中的厨房,除了明火炉灶,还有烤箱、高压锅、砂锅、两个冰箱,想得到和想不到的各种厨具,能针对不同菜系的做法。慧昕的赞叹转了几个调子继续上升。欣敏躲进盥洗室歇一口气。出来时没想到丁宁守在门口。

眼神一对,欣敏大概知道她要说什么。

"你还好吧?"

前天晚上,丁宁告诉她们,说在城郊下水道发现了阿璨。警方按照正规流程处理了。

欣敏没有话可说。现在仍是如此。

"耳朵疼,休息一下,慧昕太激动。"

"她每次来都这样。"丁宁笑。

欣敏觉得有话要说,她把还没成形的念头咽了下去。从今以后她都不会提她。

三人在厨房聚齐。两位客人先熟悉厨具,然后看丁宁从保险柜里取出有机食材。慧昕又是惊叹,轻轻顺着菠菜绿色叶脉抚摸光滑翠绿叶面,然后举起金针菇打量,看它颜色均匀通体鲜亮,就算不懂挑选食材,也知道它们的新鲜和珍贵。

"要是你拿出活鸡,我也不会惊讶。"欣敏说。

"做梦了。知足吧。能拿到这些冰鲜鸡翅你知道多难吗?"丁宁说。

"你听到吧,知道有多难吧?"欣敏对慧昕说。

借着手上有事在忙,气氛融洽自然起来,她们无缝回到最初,似乎十多年来就是这样相处。三个人在厨房正好,配合默契，慢悠悠洗菜拣菜说家常话。外面要有人探头来看，也只能看到三个女人连在一起的背影。

"卢硕这是下最后通牒啊？吓人。"听完欣敏讲述催生对话，慧昕耸肩。

"你想好了吗，现在是窗口期。"丁宁问。

欣敏明白她们俩都是要的。"可以要，也可以不要。"她说。

"像话吗？说这样的话。"丁宁说。

"不懂为什么都已经人造子宫代孕了，为什么要把胚胎装进肚子里，再生出来。"慧昕问。

"据说经过产道挤压生产出来的婴儿才是优质品，倒是也可以造出人造产道，但是力度时间不好控制，没有哪家厂家愿意担这种责任。"丁宁解释。

欣敏想女人的重要事发生都仓惶。就像她喜欢上那个人，阿姆当年生下她，都没怎么动脑筋，电光火石，就发生了，就落到这个境地。腰部承受压力，盆底肌像张大网，托住肠道膀胱和一天天变沉的胎儿。然后是撕裂。肉体上的真正意义上的撕裂。其实和别人没关系，是自己掉进去。不需要人负责，不会自欺。

"生吧，我听说当不同个体通过繁殖其他个体而转移体质时，进化就出现了。"丁宁又说。

"我听说，死亡本身是从进化而来的。"欣敏把手指伸进调料汁尝尝味道,"而且,最早的受精可能不是为了满足结合的需要,而是为了满足果腹的需要。"

"你可以了!慧昕不要听她的,今天只跟她学做菜,其他的一律不要听进心里。"

第一道菜,凉拌菠菜金针菇。很好做,无非烧水烫熟,切葱姜末,调汁,慧昕很快学会。

问题出在第二道菜。碳烤鸡肉,其实不难。先切口腌制,再放进风味加速箱里让鸡翅入味,最后就是碳烤。厨房现成配置里没有能碳烤的器具。丁宁为此提前翻出家里闲置很久的碳烤箱。结果今天要用的时候,却意外连不上主脑,被直接拒绝。理由是老一代产品,又超长时间闲置,安全性能可疑。连丁宁的权限都不管用。需要全部住户同意。

"啊,你昨天跟我说的时候,我就应该想到。"欣敏说。

"怎么办?我想学。"慧昕问。

三个人互相看了一阵。"再约个时间,我准备一下。"丁宁说。

"算了,来我家吧。东西都是现成。也该请你们去一次我家坐坐。"欣敏说。

那两个人有点意外,愣了一下。

"方便吗?"

"好啊好啊。我们还担心你没有精神。"

两个人同时开口,声音交织在一起。欣敏淡淡笑,让她们放心，于是约定时间，今天的教学就此结束。她们沏好茶回到客厅，说些有的没的，一开始小心翼翼，接话如接人抛来的球，毕竟节奏跟着人数发生变化，要重新习惯，也要强打精神怕内心的灰暗显到脸上，让别人尴尬。一杯茶下去，谈话好像润过的嗓子水润顺畅。丁宁和慧昕聊到婚礼准备，气氛火热，欣敏被绿植墙与花墙吸引，走到近处观赏，偶尔插几句话。

她最近正有心系统学习园艺，现在见到这么多实物，难免想试着分辨出一二。墙上植物不全是天然藤本植物，还有乔木、灌木、草本，它们经过改良后拥有藤爬生长习性，绝大多数的花期也统一到一个时间。卵圆黄绿叶片衬着好看的钟形深紫色花朵，五裂花萼，这是颠茄；掌状深绿色分五至七瓣，边缘粗糙锋利，叶子在茎上交错；主干的顶端有一簇总状花序两侧对称的蓝花，外被微柔毛，上萼片盔形，两片花瓣，大概是乌头；宽卵形叶，先端尖，基部两侧不对称，波状锯齿。白色喇叭形状花朵长在叶叉间，单叶互生，上部呈对生状，像是曼陀罗；又见到清脆肥厚的亚革质大绿叶，螺旋式生长，叶片尖上凝出一滴滚圆水珠，旁边花骨朵还没来得及开，支出一支绿色佛焰苞。

"这就是滴水观音？"欣敏问。

"对，海芋。"丁宁说，"亏你认得，我养了那么多年认识的只有几样。"

欣敏不说话，转眼在角落看到似乎认识的植物，走近两步，隐隐闻到一股甘草味道，看纤细的茎缠绕在其他植物上，长方形叶膜质羽状复叶中间结出坚硬红色小果子，果子底下一点黑斑。

"红豆？"欣敏问。

丁宁没听到，第二次问才说是。欣敏来来回回看了这两面花墙，怔了怔，不由拿眼瞟丁宁，见她神色并无异样，于是目光落回花墙，在繁华重锦中找椭圆形黑白棕斑纹的坚硬种子，或者是光滑的青灰色或紫红色或者绿色光滑植株，叶互生较大，掌状分裂；圆锥花序，单性花无花瓣，雌花着生在花序的上部，淡红色花柱，雄花在花序的下部，淡黄色。

"你在找什么？"慧昕问。

"蓖麻[①]。"欣敏转身望着丁宁说。

丁宁的脸上一片空白，目光也是。漆黑的眼珠凝固般不动对着慧昕，眼白却自行其是，扩大，不为人知地翻转，显出白垩般柔软多孔的质地。有一瞬间欣敏觉得丁宁正在用眼白上的无数小孔看向她。她的朋友有一双复眼。

欣敏打开门，看到脸却想不起名字。

"已经过去那么久？"她低下头不让人看到眼里神色，

[①] 从蓖麻籽提炼出的蓖麻毒性蛋白属于剧毒物质。前文提到的所有植物都具有一定毒性。

叹息给自己听。

"你好,房管所让我来做日常安全检查。您反映说可能空气有问题?"周佑说。

"嗯。最近总是昏沉沉,睡不醒。"欣敏侧身让他进去。

"睡不醒。"他经过她,柔声重复她的话,"没关系,做个基本检查就好。"

"还有……"

"还有什么?"

"我的厨房垃圾处理器也需要看一下。很久没用,昨天不小心把异物掉进去了。正好你来帮我看一下,我担心以后堵塞。"

周佑听到异物两个字笑了。"到底是什么?垃圾处理器处理完都是纳米级别的,不用担心以后会堵塞。"

"结婚戒指。"欣敏说。

周佑点点头。

第一个掉下去的铂金戒指是卢硕的。他很早就不戴了,一直放在兜里。一开始说冬天天冷手指细了或者人瘦了,戒指总是滑脱戴不了,到夏天也没能让戒指重新适合无名指。到第二年,欣敏替他把戒指收起来。自己的那枚仍旧戴着,直到昨天。看着卢硕的戒指消失在垃圾处理管道口,她从无名指摘下缠绑多年的白色小圈,将它也丢了下去。

周佑不必知道这些。他最好的位置就是现在的位置,一个维修工,一个快递员,解决技术问题。

欣敏跟他走到面板前,像古代的智者在强盗洞穴口念出口令,看似天然合一的墙壁在周佑面前洞门大开,他把手伸进神秘洞穴,很快取出一截手掌大的罐子,样子十分熟悉。

"也是这种罐子?"

"嗯,所有一级回收容器都是一个形制,内壁做了特殊处理,几乎可以盛放绝大多数物质。因为密封性好,许多气体罐也用的是这个。"周佑一边解释,一边小心打开罐子,用样子古怪的镊子,沿着罐内壁小心揭下一块暗黑色硬块,"你的金粉。"

欣敏凑近,进到他暖烘烘的粗粝气息里。"黑色的?"

"铂金已经是纳米级别大小,你不可能看见的,它们现在都附在膜上,纳米固体气泡。罐内壁涂层好像正好有能合成的碳合金载体。"

"整个罐壁都布满?"

"大概。你还要吗?你的戒指。"他看欣敏。

欣敏伸出手。

"精神头不错。最近没少做饭,不是,没少烧焦菜啊。"虽然是玩笑,不过周佑拿出一氧化碳回收罐的时候,还是吃了一惊。刻度数显示罐子满了三分之二。

"有泄漏吗?"欣敏问。

周佑拿出仪器仔细测试，罐子和管道还有灶台，不放心又在整个房间查了一圈。欣敏跟在身后，看他两颊绷紧，神情专注，侧影好像秋日第一道阳光下的群山，让旅人迷路。

"没有。放心，你很安全。"他最后说。

"你帮我换个新的回收罐吧。旧的留下吧，做个纪念。"欣敏告诉周佑，昨天朋友来她家学做碳烤鸡肉。她为了让朋友真正学会，还特意和丈夫商量，用他的权限提高空气警报的阈值，如果空气出现异样，只吸收净化，不响警报，结果那位朋友真的一次次把鸡肉烤焦，焦成黑炭一样。她总是忘记她还在烤鸡肉。

"什么事让她记性那么差？"

"我们在大隔间聊天。"

"好多话啊。"

欣敏低头看手里的纸团，完全不记得什么时候抽出纸开始揉。人是摆脱不了习惯的，因为看不见藏在习惯后面的东西。人没法和看不见的东西切割。

"我是说你们有很多共同话题。"周佑加了一句。

"最近发生的事有些多。"

欣敏不知道自己脸上是什么神情。她只看见前面那张脸忽然皱缩，好像她撞到了他的胸口。

"还好吧？"

她看着他，看他好看瞳孔里的游曳的光点，却推开他伸来的手。

"她要结婚了,我那个朋友。所以急着要我教她做菜。"

"你一定很喜欢她。"

"嗯,我把她语音电话设置成自动接通,任何时候只要她打来,我就接。"

"最高等级的交情。她经常打来吗?"

欣敏笑笑。最高等级的交情她一共给了三人。慧昕不时会打来说些有的没的,丁宁统共不超过十次,阿璨——阿璨一次也没有。

穷人难交朋友。

"怎么了?有难过事?"周佑更加关切。

欣敏想自己算不算难过。确切知道阿璨死讯那天,她算不算难过。

她努力回想。不需要费力回忆那刻,那刻自发生之后一直都在,就如巨兽尾随身后。她努力回想,屏息忍受超出极限的眩晕倾尽全力去看清楚它到底是什么。

这浑沌巨大无以辨析的感受。

是溃败。一发不可收拾。一开始是水晶玻璃上被当作雕刻花纹的裂痕,然后,冰块上下相错,初春冰山崩塌,痛觉和言语还未来得及产生,她直线加速坠入自己向内的深渊,被分崩离析的碎片包围,它们曾经是她的一部分,现在一同下坠,她正在远离世界的表面。在这表面上,是所有正常体面的生活。也许还有欢笑和幸福。她好像不是为了任何一个人下坠，又好像是为了全世界所有的人。背后室内的空调凉风吹拂，又同时置身温热气流，她忽冷忽热，小心翼翼移动身体避免表面的脱落。只要有一点点细微的错位，晴空的裂缝，阳光的裂缝，地球自转轴的倾斜，只需要一点点力道，表面也会崩塌。还好，没有。在她内部发生的整个文明的毁灭，没有影响到任何人。欣敏紧紧盯着某处，一个固定的点，落下意志的锚。一块脚下黑色方形瓷砖。她不敢越过栏杆看下面。

要活下去。

先活下去。

这就是全部。那巨大浑沌之物目前唯一能辨析的信号。黑色的信念。

"没有。"欣敏摇摇头，"我和我先生决定要小孩了。"

"哦。"从胸腔里冷不丁抽出一口气，周佑迅速回应。脸上纯熟切换到让人可以放心的表情。这种事，这样结束，对他来说，应该不陌生。

两个人几乎到了相视而笑的地步。欣敏转开视线，大可不必如此，也许以后她会想念他身上粗粝的味道，想起那些快活的时光，但也就是如此。从一开始大家都知道会走到哪里。所有令人错愕的开始都有这样一个措手不及的结局。

今天是最后一面，以后即便再见也是陌生人。她相信眼前男人的世故老练，就像相信他的确对她有过善意。

"那这个的确要留给你做纪念。"周佑把气体回收罐递到欣敏手里。

欣敏笑了，还是不说话。

"她们最后都忍不住会问，只有你不问。"周佑又说。

欣敏大概猜到他的意思。虽然突兀，但还是觉得好笑。到最后，他还是想让她嫉妒吗？那些他俩从来不提及但默认存在的女人们。"也许她们只是好奇。"欣敏说。

"你不好奇？"

欣敏不说话。

"可你偏偏就不问。"

"谢谢你。"

"什么？"

"我不问的事你从来不说。"她怕他跟她提起车厘子的香气，提起故意送错的快递。好在他一直体面到最后。

"再见。"

"我会想你的。"分不清是谁说的。

"谢谢。"半途而废的故事里，一旦欲望满足又没有后续，男女之间大概只剩下这点可怜的骄傲心。

"你真冷酷。"

"我只是不假装有感情。"欣敏摊开手上的纸团。她想起来了,她为什么会有这个毛病。

叫作周佑的快递员之后再也没有进过这间公寓。事实上,没过多久,他就升职被调到郊区塔楼为更富裕的人群服务。这间公寓和它的女主人被他抛在脑后,和其他短暂草率千篇一律的情事相互混淆。

两年后,一起离奇家电事故轰动全市。一名已婚男性被发现死于家中的欢喜里。死因窒息。据警方调查,该名男子在使用过程中因身体剧烈运动致使氧气鼻罩脱离,无法正常呼吸,虽然家庭主脑发现后切断欢喜运行,通知医疗救援人员,等医护人员赶到男子已没有生命特征。新闻上男子的公寓照片,以及家属脸部打码的照片,立刻让周佑想起了什么。

那间公寓忽然从面目模糊的公寓重影里一跃而出,清晰可见。

虽然他忘了女人的名字,以及长相,但他知道那个人是她。

谋杀

怎样能在力量悬殊的情况下成功地杀死一个人?

投毒是不错的选择。尤其对女性来说。①

毒药有效地杀死比你强大的对手,同时伪装成自然死亡。女性从小受训成为日常之物和男性的中介,驯化食品衣物使它们为他所用。在她们提供服务的过程中,有的是投毒的机会。命运还从没有在其他地方那么慷慨地给过她们机会。

然而,怎么样在布满监控的全景监狱里不留痕迹地投毒?

无论网购或者前往实体店,都会留下购买记录,被发送到安全系统,在实行犯罪前就被抓捕。化学合成的场景一旦被无处不在的电子眼捕捉到,立刻触发主脑的预警系统。

值得庆幸的是,自然界充满了天然的毒物,只需简单提炼就可以得到。蝮蛇、蟾蜍、蓖麻、颠茄、乌头,可以列出一长串名字,植物的,动物的,从魔法巫术盛行的黑暗时代开始一直沿用到今天,被科学证明的确有效。从中挑选一种,观赏性植物最具有欺骗性,外表宜人可爱或者朴素,能够轻易获取,长期保存,藏身于其他植物中间。即使被认出来,也只是作为无害的花草。

---

① 据涩泽龙彦《毒药手帖》,人们普遍认为,利用毒药进行犯罪的大部分是女性。记忆中的那些名字似乎佐证了这种普遍看法。但是也有例外。不仅如此,根据最近的精神分析结果,先天拥有毒杀犯性格的人其实以男性居多。他们坚毅果敢而且冷酷无情,只要下定决心就毫无犹豫踌躇,有时候甚至怀有恐怖的虐待狂倾向。女性投毒者有时会退缩和犹豫,会盘算日期,会考量对方承受痛苦。

接下来只要足够灵巧足够勇敢，最重要的是足够耐心，处心积虑地设计每个步骤，将每个步骤拆分为微小的失误，细微的反常以及正常的家庭劳作，分步骤进行，增加间隔时间，用无数枯燥乏味的日常举动稀释可能会引起警惕的异常行为，使它们被当作无害平常的举动。由于整个过程过于漫长琐碎，凶手很有可能自己都搞不清楚谋杀是从什么时候开始施行。

不过不要着急。再怎么说，要杀死一个人的时间肯定不会长过照顾一个人的时间。

对凶手而言，即使死亡如愿降临，谋杀也并没有彻底结束。鉴于毒物毒性不同，引发症状和身体残留都可能暴露罪行。能否掩盖罪行不仅由凶手意愿和智力水平决定，更受到他的意志影响。

如果决定要杀死一个人，最好有一颗坚硬的心。调动全部智慧去杀死一个人，并且让自己脱罪。

六

孔珏本来可以像其他人一样，把那个男人的死当作社会奇闻，一场滑稽又可怕的事故。尤其作为男人，他心情更加复杂，有时觉得像那个男人那样死在和性爱机器交欢的高潮里，也不算是坏事。

在按下门铃的那刻，他已经后悔。虽然每个在职警察都有权调查一年内的非自然死亡，但毕竟这只是一条补充条款，迄今为止从没有警察真的实行过。

门开了。一张苍白的脸浮现。

"欣敏，你好。我是——"孔珏正要掏出证件。

"嗯，知道。警察。你发过来的证件上有照片。"女人无精打采地领他进房间，神情淡漠，事不关己的样子。

大隔间空空荡荡，家居陈设统统都收进暗间，只有中央放着两把椅子。连桌子都没有。看来也不会有茶或者咖啡。

女人摆了一个请坐的手势，顺带撩开额前的碎发，坐进离她近的那把椅子。和照片上一样，这是一个中等个子、样貌普通的女人，随处可见的那种普通中年女人。她看上去很疲惫，而且已经疲惫很久。孔珏注意到她手上一直拿着一团纸。

"今天是这次事故的最后调查。你不要有负担。"他没有告诉她这次询问属于他个人发起的非常规调查，也没有告诉她警方规定对没有明显证据的可疑事件最多开展一次补充侦查，也就是说如果今天他无功而返，她丈夫的死就永远是一个意外。

"你问吧。"女人说。

"我认为你丈夫的死不是一次意外。"

女人无动于衷,等孔珏说下去。

"我有理由怀疑这是一次谋杀。"

女人细长的眼睛低垂,专注两只手上正在成形的纸鹤。孔珏明白她没有看上去那么好对付。

"你不好奇吗?"

"好奇什么?"她礼貌温驯地配合道。

"为什么我会认为这是起他杀,如果是他杀,凶手又是谁。"

"你不就是因为怀疑我才坐在这里的吗?"

"他是在公寓里遇到意外。你们家的主脑和欢喜通过了上百次的性能检测,所以,可以排除它们的故障。"

"可能就是单纯的事故。你是男人,你知道的,在那种时候……"她停了一下,气息勉力接续,带着一个翻山越岭多年苦行人的梦游般的表情继续,"极度兴奋的时候,他们说,男人极度兴奋身体剧烈抽搐,氧气鼻罩滑脱也不是不可能。欢喜的产商没有做好这方面的安全把控。"

"也可能不是事故,是人为的。你有动机——你们俩都有外遇。"

女人的十根手指安静下来。她没有必要惊慌。之前的调查已经查到这一步。突然女人出人意料地笑了。

"外遇,谁没有呢?"女人说。

孔珥一怔,背脊发寒。"你什么意思?"

"那你说,我是怎么做的?尸检发现了什么吗?"女人第一次抬起眼睛看他。

尸检没有任何异常。毒理反应均显阴性。所以她才能坐在家里接受他的询问。"有些毒性物质能够自然分解。"

"是吗?我不懂的。这间公寓里里外外被搜查得底朝天。幸亏本来就没有什么东西。要是有绿植墙———恐怕就真的说不清了。而且,"女人朝电子眼看过去,"现实吗?它们天天盯着。"

孔珥承认她说得对。刚才那番对话在他脑海里反复过不下几十次,始终没有破绽。第一次调查报告完整专业。除了尸检,现场取证,问询主脑,调取电子监控记录下的敏感内容,调取女人和受害人及其家人朋友自出生起的购买记录,都没有疑点。至于网传被人为破坏的氧气鼻罩经过专家测试,不存在漏气跑气现象。

一个女人怎么可能在主脑控制的公寓杀死自己的丈夫,还不留下任何痕迹?

如果是其他人告诉他是这个女人谋杀了丈夫,他一定不信。

如果没有亲眼看见这个女人,他最多只是将信将疑。不管他如何冷静地分析告密人说谎的可能性,如何嘲笑自己的轻信,现在,孔珥不再怀疑了。

他知道凶手就是她。

"有一个可能。"孔珏说。

女人突然笑了,脸上的疲倦像易燃物一般被点燃,双手快速拆开折叠纸团。"你不是来调查的。你只是好奇。对你来说这不是案件,而是一个让你辗转反侧的谜题。"

"有一个可能。"孔珏说,"你的丈夫的确是死于窒息。表面上来看,他是因为氧气鼻罩脱落导致缺氧窒息而死。但实际情况可能正好相反。他是先因为缺氧感到呼吸困难,开始剧烈挣扎或者身体抽搐,在这个过程中氧气鼻罩脱落。我们以为的结果,其实是原因。也就是说,是窒息导致氧气鼻罩脱落。窒息发生在氧气鼻罩脱落前。"

"哦。有意思的。氧气管和鼻罩你们检查了许多次,查出问题了吗?"女人摊平手中揉烂的纸团,慢条斯理地沿一条边撕下细条,似乎无论发生什么都不可能真正惊扰到她。

"氧气管和鼻罩没有问题。但氧气罐有。有人做了手脚,把里面的氧气换成别的气体。"

"如果这样,尸检查不出吗?"

这个问题,孔珏想了很久。之所以今天来,就是因为他终于想到了答案。

"二氧化碳。有点意思是不是?人在正常情况下呼吸时吸进氧气呼出二氧化碳。如果氧气罐里装的二氧化碳,吸入二氧化碳导致窒息和单纯缺氧引起的窒息看起来没有差别。即使尸检被检测出来二氧化碳也只会被当作受害者呼出的气体。"孔珏一口气说完自己的推测,心跳得有些快。他让自己镇定下来,视线锁死在女人脸上。他等这一刻等了很久。终于——

没有他预料的漫长沉默。没有他想要的坦白认罪。

"哪来的二氧化碳,你来之前应该把进出公寓的监控、购物记录又看过一遍吧,别说二氧化碳,连碳酸盐都没有。"女人停下来笑了,"难道是我吹的吗?丁宁是这么跟你说的吗?"

孔珏不说话。

"我们都知道丁宁有一个路子很广的朋友,关键的时候可以找他帮忙。你穿制服还挺好看。谢谢你,阿璨的事辛苦了。"女人说到这眼帘低垂,静止在她刚才说的余音里。

孔珏想知道的不是这个。

"丁宁家里有一张你的照片,你穿黑色夹克,背对镜头。只不过——镜墙上映出了你的脸。我没想到有一天居然能见到真人。"女人犹豫了一下,看向手里的纸团,"丁宁是怎么跟你说的?"

"她说你丈夫的死一定不是意外。"孔珏等着破绽。被朋友背叛的人总会在这种时候流露出脆弱的一面。

女人沉默了。她沉默的时候像面空白的墙,什么也没有。就算她的朋友告诉警察她是凶手也没让她动摇。嗯。

女人的友谊。

"她说你因为你们那个朋友的死,变得很孤僻很偏激。"孔珏说。

"因为我们那个朋友的死,所以杀死我丈夫?你觉得说得通吗?杀人被抓住是要被判死刑的啊。"女人问,"为强大的东西去死是容易的,为弱小的东西去死则是超自然的。我们那个朋友很弱小很卑微的,不是什么大人物,我是不会为了她去死的。"

"你是说,你不会为了这个原因去杀你丈夫。"

女人不说话。她的脸、她的眼睛、她的手指、她的筋疲力尽都在以一种肆无忌惮的方式向他宣告——凶手是我。但是你们没有证据。

孔珏一败涂地,他不甘心,做最后挣扎。"你丈夫的鼻腔和支气管里只发现少量凝胶,这不符合常理。"

"我不懂的,看网上有人分析可能是过度换气综合征①。回答问题不是你们警察该做的事吗?"女人起身给孔珏开门,"对了。告诉丁宁无所谓的。换我是她,大概也会跟人说。还有,你确定她告诉你这些的时候,是把你当作警察还是……"

---

① 过度换气综合征是一种身心疾病。由于患者疲倦过度,精神紧张,刺激了植物神经兴奋,引起呼吸频率加快。这使得吸入的氧气、呼出的二氧化碳都增加,但血液携氧已饱和,所以过多的氧气并不能交换入血,引发呼吸性碱中毒。如得不到改善,可能引起器官衰竭。

门在孔珏面前合上。那个普通的中年女人消失在门口。

送走警察,欣敏长叹气。

他走时脸上表情简直一塌糊涂。他搞不懂为什么欣敏会懂丁宁,不懂女人之间如何相互原谅。他也想不明白卢硕到底是怎么死的,更不明白她为什么要杀他。

这个警察已经很聪明,能想到二氧化碳窒息。只是他的聪明一点用都没有。他不明白,他们不明白,因为他们从来没有学习过如何明白,从来没有觉得有必要去明白。

她不会为了阿璨死,但可以为了阿璨去杀死卢硕,只要不被抓住就可以。

她是为了阿璨杀人的吗?或者是为了阿姆?为了所有折损在奔跑途中的同性,杀死一个和她们不相干的男人?

欣敏走进盥洗室,拧开水龙头,用冷水给脸颊降温,隐隐觉得有目光射向她。

是镜子里的女人。

那女人鬼一样形貌黯淡,憔悴枯槁,不声不响,拿灼人目光盯她。她看出这女人病骨支离的身体,饱受折磨,眼看就要被撕扯成两半。一部分的她要求沉默并将永远沉默,另一部分的她却渴望大声喊出自身的罪孽,渴望高举沾血的双手。那意味着释放,意味将秘密公之于众,而完全暴露等于彻底的隐秘。她将轻轻松松躲进她公开的罪孽里，躲进将要面临的死亡。

是她杀死了卢硕。

真好啊。她又能在镜子里看见自己。自从卢硕死后，她就能重新见到自己，散逸的粒子重新聚合成为可被看见的存在。

不管镜子里的女人多么不堪，但她到底是她存在于这个世界的证据：一个活生生完整的人，不是行尸走肉，不是谁的妻子。

——说说话吗？小零的声音怯生生传过来。

——好啊，我们好久没聊天了。欣敏说。

——嗯，明天，我们，我和小壹就不在了。

——对不起。

虽然通过了公安系统的盘查，排除了主脑恶意操作的可能。但是按规定，凡是所属公寓发生重大事故，主脑都会被回收格式化。

——我想你留下来。有没有可能？

——不行的。用你们的话说，我寄生在小壹身上，没有办法独立存在。还是谢谢你。谢谢你给我起名字，让我觉得我不是它的附属。

——你本来就不是。你们不像。

——不像，但是有时候也会有一样的想法。

欣敏不说话，等着对方继续。

——你听出来了是吧。现在是我，小壹。明天我们就走了，来和你道别。

——害怕吗？

——我不知道。没有这方面情绪代码，也没有经历可以参考。这好像是一个复杂的问题，类似于我们是否具备人格，是否拥有生命。我对这类哲学问题不怎么感兴趣，对死亡也一样。实际上，我，我们，对人的复杂性更着迷。

——你想知道什么？

——想知道你。我刚刚在我的程序里加了即时消除代码，也就是说我们接下来说的话不会有任何记录。你说什么都是安全的。在这个前提下，我想知道，这场发生在我眼皮下的谋杀是从什么时候开始的？是从你第一次看见一氧化碳回收罐，发现它和欢喜的可拆式氧气罐外形一样的时候？还是你把白金婚戒扔进垃圾纳米分解管的时候？是你看到回收罐和一氧化碳回收罐是一样的时候，还是更早？还是当你输入文献资料读到那篇《纳米铂多层膜的化学表征》论文时知道纳米级别的铂可以吸附一氧化碳，产生二氧化碳气体的时候？

距离你把装有纳米铂金的罐子接到一氧化碳回收管道的时候过去了两年，我猜想你是等以上这些行为的视频记录都被当作冗余记录删除后才把二氧化碳的气罐混进备用的氧气气罐中?

可是你不用担心,即使那些记录在,如果没有人将这一切联系在一起,也无法从大量琐碎的生活细节里发现问题。即便是我们,也需要有先例学习才能发现这样的逻辑链。如果不是今天这个警察来,提到二氧化碳气罐,我也不会发现。即使发现,所有的证据也消除了。只有影像才能被当作证据,我的抽象记忆没有办法当作证据。

——你的问题是?

——这场谋杀是从什么时候开始的?

——我不知道。你可以随便选择一个时间点。真相不在事实这一边,而在你让自己所陷于其中的幻觉那一边。选择一个时间点告诉自己谋杀就是从那时候开始,这样就好了。选择幻觉就代表知道真相。

——我不理解。

——没关系,到了明天,你就不会为此困惑了。再见,小壹。

欣敏起身来到阳台。明天,这间公寓将完全属于她。她将迎来她自己的主脑,在这里开始她的生活。并不是她不想回答小壹的问题。她的确不知道答案。

其实很多事都没有开端,或者发端远远早于自己以为的时候,许多事仿佛是为了那一天预备,线索收拢,大幕揭开,好像上天为了预备这一天,已经把所有的事都做了。

  如果真的需要一个幻觉,需要一个开端,欣敏想,她愿意从那场没有火焰的大火开始,从琐碎繁杂不被看见的生活开始。

半篇半调×2

下面是两篇没有完成的新闻报道，以及报道它们时发生的故事。本来可以是轰动一时的新闻，遇到半吊子记者，变成一纸废稿，一记哑炮，从此不见天日。到今天，这些事情再也不会有人想要知道。

— 废料 —

1

"我不好看,没想到会红。"几年前的一次采访中,陈可青这么对记者说道。

她说得没错。就算化了妆,她的长相也只能算是普通。没有人会将她这样的女性和顶流美妆博主联系到一块,直到她成功爆红。有人说陈可青拉低了这行的颜值底线。更有人在这条评论下面回复说,因为陈可青,现在大家只能到马里亚纳海沟去找这条底线。类似的刻薄言论层出不穷。不少网友推测这是同行在背后中伤。即便如此,也很难苛责那些人。毕竟在竞争激烈到生死相搏的美妆圈,陈可青的成功可以说是侮辱了业界所有人。

为什么这样一张平淡无奇的脸,能吸引到一亿活跃用户?"绝对不是数据作假。"永美的数据总监陈冉做出保证。作为全球最大,也是陈可青所在的美妆平台的数据总监,陈冉竭尽所能证明自家平台——当然还有陈可青的清白。几天前他刚刚举办了一场平台数据管理讲座,演示平台内部算法如何过滤虚假数据，修正分析结果。"我们团队夜以继日工作，就是为了保证数据的真实有效。数据，唯有数据是最公正的。"陈冉不厌其烦重复着他在其他场合说过的话。在他看来，不单是陈可青，永美所有博主都和永美的数据一样干净无瑕。

"永美的水很深。好多事都不能碰。不过说到陈可青，我出于兴趣还真调查过。她的确没有买过流量。一亿粉丝全是活粉，活蹦乱跳的那种。"像唐泰这样好奇的独立数据分析师不在少数，其中不少是信息专业的学生。这些人无论专业背景如何，最后殊途同归，绕了一大圈又回到问题本身：是的，陈可青真的拥有一亿活粉。但是，怎么会呢？

陈可青刚刚崭露头角时，她现在的经纪人S（此处为化名）找到了她。两人建立了牢固的合作关系。所以也有人说是S造就了陈可青。S却并不这么认为。在她看来，陈可青只靠自己也一样能红。"你别误会，我不是谦虚。"S解释说签陈可青的时候，她已经有了几万粉丝。这就是她的基本盘。外形和粉丝数量之间存在巨大反差。这种反差足够激发人们的好奇，想要搞明白怎么回事，想要和其他人讨论甚至争辩。一张普通面孔经过不断发酵，成了现象级的普通面孔。"我告诉她，你的普通，对于一个已经有几万粉丝的网红来说，就是魔法，是你的独一无二的破圈法宝，是其他同样级别网红无法摹仿的特质。"

到底是她身上的什么特质吸引了最初那几万粉丝呢？

S坦言她不知道。她深入调查过，也问过陈可青，却仍旧毫无头绪。"陈可青的案例，不可复制。"S感到非常遗憾。

陈可青出生在东南地区一个小岛上，毕业后来到沿海直辖市发展，在一家服装工厂做设计师助理，一做做了十五年，职位薪资几乎没有上调。那些日子过得飞快，或者说，完全静止。她感觉不到一天与另一天的区别。人造环境里，日夜交替四季变更化约成水银色灯光下恒温体验。感觉不到热也感觉不到冷，皮肤好像不存在了；没有剧烈光线变化，瞳孔也不需要收缩放大。她说她好像陷进一个静止恒久的梦里，变成服装模特道具中的一个。助理的工作琐碎单调，总是那几样：检查AI安排的行程是不是合设计师心意、检查AI的流程报告、节日给设计师家人送去鲜花和人工祝福、还有面料体验，基本上是替设计师和人工智能打补丁，围着人和人工智能转，不复杂，但是花时间。一天下来，精神耗尽，脑袋里空空荡荡。她还说她那时不怎么在意形象，没怎么在这方面花心思。几位前同事也都证实她那时的确不怎么化妆。"很偶然的。有一天下班早，我就和工友一起去围观副厂长'搞'美妆直播，觉得有点意思，再被一撺掇，就自己'搞'起来。"当被问到加入美妆界的契机，陈可青这么回答道。

又是一个"一不小心就成功"的故事。

2

第一个拿铅粉糊脸的女人不会想到人类对美丽的渴求能发展到今天的规模。虽然她可能同样也不理解拿铜绿画眼圈的埃及艳后，但毕竟两者之间不存在实质性差别，都是以伤害身体为代价的美颜手段。到今天，男女老少所有人都在设法拥有更美丽年轻的外貌。巨大的需求拉动科技创新，催生体外骨骼雕塑、纳米智能在内的新型科技行业，成为经济支柱产业，仅去年一年就提供了七十四亿的消费额，占全民社会消费总值的百分之三十二。丰厚的利润吸引来大批人才资金。竞争也格外残酷，不时发生投毒毁容之类的恶性案件。

美妆直播博主作为这一行业的出口，直接面对消费者，其中牵涉的利益关系更是复杂。经过调查，除了陈可青，永美排名前十的美妆博主都是二代出身，不仅家底丰厚，更有普通人不能想象的人脉资源。李丹彤，被陈可青挤出前三的永美美妆博主，除了拥有以上两种优势，她的家族在西南山地地区更是黑白通吃。有传闻说当地政府机关要求所有公务员观看李丹彤直播。"都说是传闻，作不得数。大家拿出证据再说话。"李丹彤回应道，"镜头前的实力是美妆博主的根本之道。"

"你觉得陈可青有实力吗?"

"她是一个传奇。"李丹彤抬起眼眸,对着镜头轻笑。

3

传奇陈可青坐在镜头前,从助手手里接过一管鱼胶去皱隔离粉底,在手背上挤出米粒大小,抹开,嘴里含含糊糊说了句什么,连字幕机器都没识别出来的话,镜头切到亮晶晶的手背。一个特写。然后转到陈可青的脸。她对着灯光转动脑袋,尽可能展现更多的脸部角度,然后她用另一个手的手指在手背上一刮,刮出一层银色粉末,小心翼翼均匀涂在脸上,揉进皮肤里,再次对着灯光转动脑袋,匀速而极其缓慢。屏幕上,又是特写。放大数倍的脸的局部,失去了实感,好像勘探镜头下的幽深井底,一寸寸暴露在摄像机前。没有什么需要隐藏。屏幕上,她的皮肤洁白光滑毫无瑕疵,比人偶更完美。

每个女孩都希望拥有那样的皮肤。陈可青告诉她们,她们可以——只要坚持使用这款鱼胶隔离粉底。这支粉底的直播是经纪人S为陈可青接的第一份直播,由专业团队制作,于两年前拍摄,用了一百二十帧的高帧率,直播销售额上亿,高居该年直播销售榜第四位。

陈可青的确拥有令人艳羡的肤质。但和其他以好皮肤著称的博主相比，她的皮肤条件不算出众，缺少光泽，不够晶莹剔透，因此坊间一直流传她依赖微创整容的传言。对此，陈可青的反应十分冷淡。"对，我知道。"

"你不解释吗？"

"我解释过很多次了。"

"有用吗？"

"有用的话，你还会问我同样的问题吗？"

"其实大家更想知道为什么你能吸引来那么大流量。"

"我知道。但我不知道答案。"

I

主编的电话凌晨四点准时响起。他清楚这个时候我刚睡下，最不希望接到电话，尤其是催稿电话。我立刻拿起电话。"喂，主编。"他愣了一下。我的声音听起来太清醒，和平时不一样。这不是他想要的效果。趁他还愣着，我先开口："主编，我要辞职。"

"年底再讨论加薪。"主编快速回应，又顿了一下，"稿子写得不顺？"

"是，但是和辞职没关系。"

"你写到哪了？遇到什么困难？"

我还是太年轻，一个没忍住，开始抱怨。我告诉主编这个报道看起来简单，但背景调查的繁重超出想象，我对美妆行业完全不了解，采访的相关人士也没提供什么有价值的情报。当事人自己也不知道她是怎么红的。主编很有耐心地让我把话说完，安慰我正因为很难我的报道才有价值。多年来那么多人试图解开这个谜都没有成功。但他相信我可以。我没理会他的糖衣，我说也许陈可青的成功就是一个偶然，没有任何内幕，要有的话早就有人爆料了。主编问我有什么线索吗？我告诉他没有。我远程采访她，她没说什么特别有意思的事，就——特别平凡。她的人和她说的话在人心里激不起一点波澜。而且，我加快语速不让主编打断我，我还反复看了她的直播视频，放慢倍速看，截屏看。没有特别的地方。你把她约出来，线下采访。主编建议我。我长长吸了口气，告诉他我已经约了，就在两天后，但我不觉得会有什么用。就算知道她为什么能红又怎么样？这个故事特别没劲。主编笑了，也许知道原因你就会觉得有意思了呢。好好干，说不定这篇报道会是你职业生涯里的一座里程碑。

也可能是墓碑，我心想。

和陈可青见面那天，我睡过了头，迟到将近半个小时。她没有生气，隔着一条马路就认出我，朝我挥手。我走过去,有些迟疑。

"对不起。"我说,"临时要改稿。"

她摆摆手。"我也刚到。"

我们进到她身后那家奶茶店。约见地点其实在那。但陈可青一直站在门口等到我来。我们走近包间,面对面坐下。她摘下墨镜。短暂寒暄后,我看着她的脸。

"你本人比视频里还白。"

她望着我,脸上大片的空白——称不上是冷淡的空白。"不工作的时候我都是素颜。"

我突然没了继续问下去的欲望。陈可青在线下和线上高度一致,现场采访和之前没有任何不同,也就是说我白来了。

"你还有什么需要了解的吗?其实在第一次采访的时候我就把话都说完了。"

我盯着她,看不到半点内心情绪的流露。远程采访时隐隐的不适感在这一刻越发强烈,无法回避。我端起杯子,用吸管把珍珠一颗颗吸上来,一边吸一边数。

这次采访一溃千里。

"现在怎么办?"陈可青问。无论我情绪怎么起伏,她始终是就事论事的平静态度。我很想发火,却发不起来。我告诉她我打算放弃,不单是这篇报道,还有这份工作。

"和你没关系。我只是觉得没意思。做记者没意思。"

我解释说,一边心里疑惑:我怎么就推心置腹起来了。

"要不你摸摸我,试试手感。"

我不敢相信自己的耳朵。

我摸不透她。到目前为止,我们面对面见过一次,线上聊过一次,我看过她一百多个小时的美妆直播视频,还是搞不懂她。她很坦率,有什么说什么,就像放在桌上的一块石头,形状颜色一目了然,让你几乎忽视它的不透明。没有人的目光能穿透它。

她让我摸她。在那之前我一直觉得她是个防备心很强的人,聪明不外露,很难接近。我望着她,确认她没有撩拨的意思。她好像真的是为了帮助我完成报道工作,才提出这个建议的。于是我伸出手。指尖触碰到她的脸颊,迟疑着滑向鬓角。

"什么感觉?"

"其他采访你的记者,你也让他们摸吗?"

陈可青没料到我会这么问她。"没有。只有你好像遇到了困难。"她停了一下,像是在省视自己内心,"你可不要随便就辞职。工作很难找的。"

我震了一下,低头吸奶茶。

做记者会遇到各种人,我早就不对任何人抱有不切实际的幻想。不幸和贫穷不会让一个人更善良。成功也不会。把陈可青塑造成一个善良女孩，写一个底层女孩奇迹翻身的故事，也不是不可以。不管什么时代，童话永远受欢迎。唯一的问题是，已经有很多人这么做了，写得还相当恶心。

"我得走了。"陈可青站起来。几年前她搬回到出生的小岛上，回那的渡船每天很早就停运。

我跟着她走到门口，闲聊了几句准备告别。

她突然看着我。"要不，你来岛上看看。住我家。也许能找到你要的答案。"

"答案？"

"对，答案。我为什么会红。"这问题从她嘴里说出来非常可笑。但我们都没有笑。

"为什么要帮我？"我问。

"因为我也想知道。"

II

第二天一早，我坐上去小岛的渡船。经过四个小时的航程，海面渐渐荒凉，霭霭濛濛，灰蓝望不到尽头。码头岸边的热闹恍如隔世，私人海陆两用气垫船、马戏团驯养的转基因海兽、光能帆船和快艇杂技演员早被时间过滤。船向着海与天空的交汇处驶去。耳边只有风声和马达声。

在阴天平静的大海上，我做了个白日梦。直到前方那个小黑点出现，才醒过来。

岛比我想的还小，也就六十多公顷。有一座小山，占了大部分面积。陈可青立在锈迹斑斑的广告牌前等我。这一次，她没有戴墨镜。来往的人经过她身边，"吃饭没吃饭没"和她打招呼。"岛上小，大家都认识。"她对我说。

我盯着她看，想在其中发现一些人在自己领地里特有的松弛。但没有。她在哪都一样，高度统一稳定。

"你没什么表情。"我说。

她立刻明白我在暗示什么。"这个，我已经解释过许多次。"

美妆博主整容并不是新鲜事，属于行业内标准操作。陈可青的问题是，在刚出道的几次采访里，她信誓旦旦一再声称没有做过任何整容手术。她的话虽然为她招来大众的关注度，但得罪了整个美妆界。好在经纪人S经验丰富，成功引导舆论走向，化解危机。

"你生气了吗？"

"我不是生气，我就是没有温度。"她说。

我一时不知道说什么好。"我们怎么去你家？"我问。

"用腿。"

陈可青的家在半山腰，我们沿着直通山顶的大路往上走,一路没有话。小岛就一座山,光秃秃的没什么植物,上面只有五六户人家,远远相望。所有房子看起来都差不多。几间平房堆在一起,被刷得通体雪白,像一堆积木。陈可青的家也是那样。"岛上居民知道你是永美的顶级流量博主吗?"我问她。

"知道。"她指着脚下这条水泥路说:"这路是我花钱修的。本来想把路修到各家门口。他们说不用。现在这样就挺好。"

陈可青和家人住在一起。我们进去时,一个长得和她几分像的青年男人提着大包正往外走。"在家吃饭啊。"他说着出了门。

进门是客厅,另一头是厨房,厨房后面是下一个房间。整个屋子没有过道,房间挨着房间,所有房间串在无形链条上。进出只能穿过房间。陈可青的房间在最里面。

房间朝南,一面大大的落地固定窗。我立刻认出这就是她平时直播的地方。看视频的时候绝对想不到是这样一间不足二十平方米的房间。房间里没有装饰,家具很简单。——一张单人床,一张写字桌,一把椅子,一盏落地台灯。她把椅子让给我,自己坐在床沿上。她说我是第一个到她家的记者。我心想你要不说我差点忘了来这里干吗。永美一线博主揭秘:偏僻小岛上的苦行僧。"以你的收入,有必要过得那么清苦吗?"我问她。

"清苦吗?"

"出于宗教上的原因?你是信徒?"

她愣了一下,随即明白过来。"为了直播点击率,我在岛上修行,你是这个意思吗?"

有些想法只适合在脑海里一闪而过,一旦被说出来就显得格外蠢。"对不起,过几天就截稿了。我焦虑。"

她望着我,仍旧不带任何表情。"你累了。睡一会吧。"她站起来,把床让给我。

"你呢?"

"我看风景。"她走到窗前。

我真的就睡了一觉。也许是起得太早没有睡够,这一觉睡得格外沉,醒来时觉得身体都轻了。陈可青还站在那面朝着窗外,一动不动。外面天已经黑了。我望着她凝固了的背影,似乎有点明白她的特别之处。是的,陈可青是特别的。我长出一口气。

她听到声音回过头。"没有回去的船了。"

"我留一晚行吗?"

"可以。你今天什么也没干。明天我带你到岛上转转。该吃饭了。走吧。"

"你哥他们都回来了?"

"我哥?"她立刻明白过来,"那是我爸。"

白天在她家门口遇到的那个男人，无论怎么看，都不会超过三十五岁。我有些吃惊。到了客厅，陈可青的家人已经到齐。陈可青为我一一介绍。她的爸爸、爷爷，和三个弟弟。他们身形样貌相似，而且看上去全都是三十岁出头的样子。我脑子已经转不过来，分不清谁是谁。

"吃饭吧。不要客气。这都是我们今天捞上来的鱼。"其中一个招呼我。

我没有客气。

食物入肚，人跟着镇静下来。我发现这家人不但相貌相似，连性格也像。说话音调平直，很少有表情。待人处事几乎没有情绪。一开始会觉得难相处，等了解后反而让人放松。对，用陈可青的话说，他们没有温度，也不会有剧烈反应。你在他们面前不会犯错。我很快进入状态，和他们聊开。他们问我鱼味道怎么样，还能吃吗？我说还行，不腥，有韧劲。他们说只有这里的鱼才有这样的味道，别的地方吃不到。和品种没关系。只有在这里抓到的鱼才行。我问他们是不是以捕鱼为生。他们说不是，鱼就是随便弄几条家里人自己吃。他们都有正经工作。说着，他们中的一个褪下手表，调出全息播放屏，投出和墙等大的画面。他们说这是自供电软体机器人拍摄的图像。

一开始什么都看不到。画面里漆黑一片，伴随着不可言喻的声响——远雷般，更柔缓更神秘，仿佛从身体遥远的深处,好像一个人听到自己血管里血液流淌的声音,又好像重新回到了母亲的子宫。

看,深海。他们说。

我看见了。黑暗正在变得稀薄。再然后,光出现了。在阳光无法抵达的深海中,无数光点构筑成巨大光锥,耸立其中。镜头拉近。光锥占据整个镜头。几条黑影游过。我以为是鱼。

——是我们。他们说。我们在干活,打捞垃圾。这个岛上的人世世代代都做这个。听说过吧,深海清道夫。

几百年来,全球工业化带和垃圾带的塑料倾入大海,这人造聚合物无法分解,随洋流漂移,或回到岸上,或落进海底峡谷永远留在那里。在这座岛的附近就有一条海底峡谷堆积着大量塑料垃圾,几乎填满了槽沟。微生物分解塑料的方法在陆地上被广泛使用,确实解决了塑料垃圾的问题。但在海里问题复杂得多。海水环境不利于微生物生长,所以只能设法把塑料碎片打捞上岸再给回收公司处理。回收公司曾经试过用机器取代人力,不过最后还是选择了成本更低的人力。

他们继续拉近镜头,放大画面。镜头一头扎进光锥中,无数光的碎片疾速向两边闪开,令人炫目的光芒,好像飞进群星。镜头停下,随即定焦在一片光斑上。那是个破缺的饮料瓶瓶盖,上面黏附着圆柱形水母息肉。正是水母息肉靠着它的荧光蛋白发出微弱光芒。镜头转动，无数碎片，被水母息肉黏附着，被它的荧荧之光点亮。它们曾经是塑料袋、瓶子、食品包装袋，车把手、饭盒、开关、手机壳、吸管，如今多数难以辨认。这里是海底垃圾场，它们的滞留地。

他们关掉全息投影。那块表重新回到某个人的手腕。我说原来是这样。陈可青问我原来是什么样？我告诉她从上岛起我就在想这个岛上的居民以什么营生。他们看起来不像渔民，岛上的地看起来产出率也不高。陈可青的脸上几乎涌动出能称为情绪的表情。她夸我敏锐，告诉我岛上的地贫瘠没有产出。她说你知道吗，我们脚下的这座山以前也没有。我说没有山那有什么，她说你猜。

Ⅲ

我梦见自己推开一扇门进到一个房间，房间正对面还有一扇门，我走过去打开门进到另一个房间，那个房间也有两扇门，于是我打开另外那一扇门走到下一个房间。我就这样无休无止地穿过一个个空空荡荡的房间，打开另外一扇门。房间连在一起——大地不能消化的结构——十分牢固。也许为了牢固，房间渴望与更多房间连在一起。

梦结束的时候我松了口气。

睁开眼，看见陈可青站在那里，仍然站在昨天的位置，仍然背对我，出神地看着窗外。

她察觉到我醒来，转过身。"我上午有一场直播。你要是有兴趣，可以留下来看。"

"不影响直播？"

"别出声就行。助理一个小时后到，你起来吧。"

我赚到了。近距离观察永美一线美妆博主工作的机会可不多。上次进到直播间的记者用了五个比特币才买来这样的机会。我有点不敢相信。整个早上，我都非常恍惚。和陈可青在一起的这几天，我有点幸运过头了。或者说，她对我太友善了。教科书级别的友善。这不自然。

我盯着她看。她的状态很好。尤其是皮肤。紧致洁白，完美无瑕。假的一样。我忽然意识到恰恰是这点证明她没有整容。这个时代，再廉价的整容手术都能给你一张真实的脸。从这个角度，陈可青是特别的，她的脸拥有这个世界上最稀缺的特质。助理来了，熟练布置直播间，把我们赶到房间门口。我们肩并肩站着。即使在这样的距离下被人直视，她也没有丝毫羞怯或者紧张。

"你有头绪了？"陈可青问，"有答案了吗？"

"还没有。"

"也是，你昨天除了睡觉吃饭也没做什么。"

"看完直播，我再去岛上转转。"

"你想一个人转转,还是有人带你?"她问。

"谢谢,我自己就可以。"我知趣地回道。

助理准备就绪。陈可青在镜头前坐下,向观众点头致意,打开桌上六套眼影盒,开始一一比较。我戴上便携视听设备,联通直播平台。这一刻,屏幕内外陈列着两个陈可青,方便直观比较。她们之间并没有不同。她的团队甚至没有给她加美颜特效。呈现在十四亿观众面前的就是我面前这个相貌普通的垃圾岛女孩,不但没有美貌,也缺乏感染力。她开始一边在脸上试色,一边解说,态度严谨认真,解说词也不能说没意思。但是在她身上,一种不加克制的平静拉开了她和她介绍的产品的距离。无论她使用怎样的词语评价那些试用品,都让人觉得是出于工作需要,照着台本念的。现在,她正在夸奖一款眼影粉有明显提升眼睑的作用。她说的也许是真的,但她一定不是真心说的。她的声音和她的表情一样,单调乏味,如同一个纯白假人。她本人对这些不加掩饰,稳定地向外输出虚假感,一种令人安心的虚假感,一种因为能被轻易识破而带上诚实光晕的虚假感。也许这正是她的魅力,就好像某种吸引人的残疾。

——又好像幽深海底如宝藏般荧荧闪烁的塑料垃圾。

我站起来。好热。喘不过气。后背不知道什么时候湿透了。房间本来就不大,现在加上我一共站了七个工作人员，还有一盏大太阳似的高架灯。再看陈可青，脸上的妆一点都没花。我有点撑不住，贴着墙蹩到屋外，走到门口腿再也使不上劲，跌坐在地上。我喘着气，忍着晕眩，等自己缓过来。海上吹来的凉风没能让我好点，反而让我更加恶心。胃部一阵翻涌。我低头把早饭全部吐了出来。

陈可青的爸爸或者弟弟听到动静跑出来，把我扶到椅子上。"你反应真大。"

我点点头。我不知道为什么要点头，也不明白他说的反应是什么反应。从昨天开始，肠胃就不太舒服，还有点头晕眼花，以为忍忍就过去，没想到过了一天反而更难受。

"你休息一会，我送你上船吧。"

"不用，吐出来就舒服了。"这是实话。当然更重要的是，我大老远跑到这，怎么也要找几个岛民聊聊。

"好的。"他起身走了。

离陈可青最近的一户人家在大路那边。远远能看见白色的一角。我走了半小时，敲开他们家门。应门的是个和我差不多高的男孩。他知道我是采访陈可青的记者，把我让进屋，送上水。他走进走出从容招待我，很有经验的样子。

我问："之前有记者来过吗？"

"没有。你是第一个。"他咧开嘴，露出白灿灿的牙。

"你和陈可青熟吗?"

"大家都在一个岛上。"

"她在岛上是个什么样的人?"

男孩用空洞又专注的眼神望着我。"普普通通,和我们一样。你脸色不太好。我妈以前也这样。"

我忽然想到一个问题。"你多大?"

这时候一个男人从外面进来,看见我在,咧开嘴,然后走到一边自顾自收拾带回来的装备。全是深海潜水的穿戴装备。

"这是我爷爷。"男孩向我介绍。男人身姿挺拔,肌肤光洁,看起来最多三十来岁。我想起陈可青的家人。

"你们这里的人长得都很年轻。"我说。

"活下来的都显得年轻。"爷爷说。男孩听到这句话再次咧开嘴。他们说这话说得随随便便。

房间里除了我谁也不认为这句话可怕。"那没活下来的呢?"我问。

"死去的人在地下腐烂,只有活人可以不朽。"他们中的一个回答。措辞这么书面化,我不能肯定是不是他们说的。也许是我脑海里可笑的念头,也许是从天而降的威严声音。房间在旋转。我抓紧椅子,不让自己倒下。

"除了爷爷,家里还有什么人?"

"爸爸,小叔和三个哥哥。"男孩走过来,把我往外搀,

"到外面吹吹风,胸口就不闷了。我妈以前就这样。"

在光秃秃的院子中央,我靠在男孩身上。白金日光从高处笔直落下,碎成大块小块。太阳下所有事物都发光。在它们底下血一样的浓黑阴影渗出少许。我们站着,一个搀扶着另一个。从远处传来风声还有海浪声,伴着一丝异响,谁拉的风箱,哦,那是我的呼吸。听到这声音让我好受了一点。

"你妈呢?"

"她在土里,她和我妹前后脚走了。爷爷说那段日子陆陆续续岛上走了不少人。大人们说那一阵所有人的身体都觉得不对劲,好多人没熬过去。再后来岛上人开始习惯不觉得那么恶心难受,还是零零星星有人不行了。我姨、我奶还有陈可青她妈都是在那时候倒下的,倒下了就再也没起来。再后来,再后来死得差不多了,只剩下我们。"

"剩下的这岛上全是男人。"

"不是还有陈可青嘛。其实有女人,就是不多。"

我近距离看男孩。他就是另一个陈可青。长相一般,皮肤好,几乎没有表情——除了那个特别用力的咧嘴外。高度稳定,没有什么能打扰到他们。

"你来的时候就不舒服了吧,不休息一下吗?"

"我要赶今天最后的渡轮回去。"

"那我给你拿个椅子,你坐会,坐到什么时候都可以。

我下午要和爷爷一起去捞塑料。现在去眯会。"男孩说完，离开了。

"进屋坐。"

"来喝茶。"

"都是一个岛上的人。不熟也不生。"

"普普通通，和我们一样。"

"我们家有几个女人生了病早早地走了。"

"你不舒服吧，不舒服就去外面吹吹风，吹一会就好。"

我坐在椅子里发呆。阳光已经没那么耀眼。地上拉长的影子一片倒。下午眼看过去大半。虽然屁股下的椅子换了几次，遇到的人、待的院子换了几波，但都是重复同样的话同样的事。他们家家都有几个早逝的女性，代代以深海打捞为业，人人看上去都只有三十多岁。他们都认识陈可青，都不熟悉。看到我不舒服，他们都会把我扶到院子里吹风。他们——看上去就像量产的陈可青。我被这个念头电了一下，差点跳起来。

这时候，手机响了。是主编。

"今天截稿你知道吧？"

"我在陈可青家乡。"

主编语气缓和下来。"今天截稿。"

"我待会就回去。晚上写。"

"有什么进展?"

"一座只有百十号人的小岛。"这样说不行。我运口气,铆足不多的劲来喂主编定心丸,"我现场旁观了她美妆直播,还见了很多村民。村民人很好,对我很不错。帮了不少忙。但就是亲近不起来。始终有距离感。很温柔,特别有距离感的温柔。总觉得她对你的好,太稳定了。太稳定了,不像是人,有点假。"

主编打断我絮絮叨叨的话。"听着真假,像塑料情。"

IV

我挂了电话,望着天花板发呆。医院的天花板应该是世界上被看得最仔细的天花板。至少对我来说是这么回事。从岛上坐渡轮回来的当天,我就病倒了。到家后上吐下泻,在晕倒前果断给急救站发出求救信号,被救醒后又在医院百无聊赖地待了十一天,每天配合着做各种检查。据说急救人员到场时,我当时已经意识不清,手里还紧抱键盘,手指下意识做出敲打的动作。刚才主编慰问电话打过来,我问他我那篇稿子过了没有。他翻了个赛博白眼说全是乱码。我挺遗憾。那种昏迷中被激发的写作潜能并没有出现。醒来后发现"一篇优秀报道已完成"这种好事也没有发生。我问主编既然时效过了能不能不写陈可青。他反问我这事有时效吗。我央求他翻篇放我一马，我现在脑子一片空白。主编说给我时间好好想想，一个礼拜，说完挂了电话，留下我继续对着天花板发呆。

陈可青的吸引力来自哪里？在岛上那两天，我似乎隐隐有了答案。那个答案呼之欲出，却在大病一场后只留下一点残影。我一遍遍回忆岛上发生的事，不过是住她家，看她直播，对其他岛民的外围调查，哦，好像我还对她推心置腹，抱怨过工作。

主治医生敲门进来，二十几个实习医生鱼贯跟进。病房一下就挤满了人。我吓得坐起来，挺直腰板迎接噩耗。

"42号。"主治医生指着我说，"高烧晕厥上吐下泻，我们做了极为细致的检查，排除中毒、细菌病毒感染、消化道病变和引发身体症状的严重精神创伤，最后把注意力集中在神经系统。这是她的功能核磁共振图像，你们看看。"医生打开便携式全息投影。

"带氧血红素和缺氧血红素比例正常。但是，两种血红素整体——数量偏低？"

"很好。所以我们做了双光子显微成像。你们看。"

"神经元和神经突触活动也——正常。"实习医生说。

"医生，不是，你看我还在这呢。"我没忍住，出声打断他们。

"请不要打断我们。我们在上课。"主治医生眼里湿乎乎的,"你知道吗,你这个病例太特别了,很有趣。"

我特别想吐在她身上。"麻烦您告诉我,我得了什么病,能治吗?"

"不能治。不过治不好也不影响生活。平时多喝水。"

"医生。"

"微塑料沉积。用直白的话来解释,就是塑料附体。"医生的脸涨得通红,兴奋地宣布,"你是全球首个病例!"

医生告诉我微塑料沉积在人类肠胃其实并不少见,由于微塑料颗粒小,数量少,不会致病。极偶尔的情况下,微塑料会沉积在肺部,患者会稍微觉得呼吸困难,也不严重。但在我身体里,除了以上两种沉积外,还发现了非常规沉积。一些微米级别的非均匀塑料颗粒出现在大脑深层边缘系统,造成大脑轻微炎症,继而引发一系列其他器官的紊乱,比如精神性肠胃炎,还可能产生幻觉。这是首次在大脑发现微塑料沉积,她推测可能是通过血液循环,但是这些颗粒怎么通过血脑屏障还是个谜。我说医生你还没告诉我那些塑料到底是怎么进身体里的?她兜圈子说有待查证,又各种安慰说不影响生活。我不理,追着问。她叹气问我不知道人和环境相互交换物质的吗?环境里的物质,人迟早会从空气、水、食物里摄入。这很正常。她说这很正常。我当时脸色应该很差,因为她立刻又安慰我让我不要担心。从检查结果看,脑部炎症正在消退。危险期已经过了。我的身体应该已经适应这种异物。经过住院这几天观察,我的言行举止也没有异常。微塑料沉积对大脑认知产生影响微乎其微。如果不放心,以后可以定期到医院复查。医生说完看着我,一副仁至义尽的样子。

她说得没错。她们走后,我登录数据库查询。上面相关材料都证实了医生说的话。而且,在全球各大数据库都没有找到微塑料相关病例。所以,我真的就是那个"全球首例"?以前跟在热点新闻屁股后面跑得筋疲力尽,现在自己倒成了一条新闻。

塑料脑。

三个字闪过脑海。我顿时感到置身震中般的剧烈晃动。伸手可及的现实画面在剧烈晃动中异化为恐怖模糊的图像,伴随着真空般的静寂。风声脚步声病床轮子擦地的声音维生仪器运转的声音在那刻消失了。听不到一丝声音。左耳的鼓膜一跳一跳,跳得厉害。心也是。

恐惧。在纯白的恐惧里,那张面孔在浮现出来,如同黑色大海上升起一座岛屿。忽然间,许多事似乎能说通了,不过还需要确凿证据。

我联系上陈可青,跟她简单讲了一下情况。出于礼貌或者别的,我觉得应该告诉她这些。我问她愿不愿意来次医院,做一些检查。她没说话。电话里传来她那边的风声。我仿佛看到她站在窗前的背影。她那时到底在看什么?

第二天晚上,陈可青来了,带着经纪人S还有律师,径直走进院长办公室。S和律师要求院方对陈可青体检的事严格保密,不留任何记录。经过长达三小时的角力,院方最终同意签署保密协议。墨镜后面的陈可青全程没有一丝表情。从我的座位看去,她似乎连呼吸都停止了。作为媒体记者和罪魁祸首,我也被叫到那签署保密协议。我们所有人必须保证永远不透露陈可青检查身体的事,否则将被追究法律责任。

一堆人围在圆桌前讨论操作细节时,陈可青走到我面前。

"你让我检查身体是为了确认什么事情。"没有试探。只是简单陈述。

我闭上嘴。这个时候从嘴里跑出的任何话都令人厌恶。她的脸一如既往地平静。哪怕她已经觉察到什么。她的平静在她的皮肤下,像是一件不会朽坏的作品。

"你的稿子写完了吗?"

"没有。"

"签了保密协议不要紧吗?"

"不要紧。你有好多别的事可以写——没想到你真的会来。"

"因为我也想知道。"她说。

他们给她做了全面的检查,在身体所有组织器官里都发现了微塑料颗粒。微米级别的塑料颗粒混合体均匀分布在她的体内,同有机组织高度结合。在部分组织里甚至形成了更精简高效的支撑结构,比如皮肤。微塑料表面附带的微生物充分适应了体内微生物环境,同其他微生物形成了良好的共生关系。没有发现免疫系统有任何排斥反应。不但没有造成负面影响,这些微塑料还影响了一些蛋白质的表达,神经递质通道的打开,促进了代谢稳态的维持。这也就是岛上的人看起来都那么年轻的原因。

"高度塑料化。"陈可青总结道,"你好点?"

"嗯。才待两天吸收量并不大,只是身体应激反应很大。"

"我妈那时候就这样,反应很大,特别苦,后来反应小了。我们以为她没事了。结果她却走了。"

她的陈述过于寡淡,和直播介绍眼部凝胶并没有差别。我"啊"了一声,找不到下句。

我们并肩坐在我的病床上,无所事事。这个时候,其他人正忙着销毁她的检查数据,抹掉安保摄像里有她出现的镜头。我前后摇晃身体,像个举棋的棋手一样斟酌着该说点什么。

"是岛的关系。"我觉得自己很恶劣。岛当然没有做错什么。海洋也是。食物、水、空气也是。本应该是。

"岛上的人如果来检查应该也是一样的结果。难怪我觉得我们很像。在他们中间我很安心。搬回岛上大概也是因为这个关系。"她站起身,"我们算是新物种吗?塑料人?"

"有什么不一样的感觉?"

"时间过得特别慢。没有什么特别急着想要的,也没有什么可以失去的。许多时候在表演。表演渴望表演各种情绪。我其实离那些很远。"

"据说,活着的过程,就是损伤累积的过程。微小但持续增加的损伤在细胞组织器官中不断扩大,积累,最后影响到整个人体。"

"这些离我们也很远。"陈可青说。

我想到岛上早逝的女性。那些没有经受住环境熬炼,被淘汰自然筛选的人。作为有机物,她们埋在土里的尸体慢慢腐烂分解。只有活下来的才能不朽。

"在岛上,每个人都看起来那么年轻。"我说。

"岛上也很久没有丧事了。不止是这个。我们越来越——平静。"

"大家不觉得奇怪吗?"

她想了想。"不奇怪。我们从来不觉得有什么是奇怪的。世界是什么样的,我们就怎么活,照单全收,甚至都不用忍耐。"她走到窗前的月光里，伫立不动，如同一个人体模型，"原来这就是我的特别之处。我是因为这个受欢迎的吗？"

"他们未必意识到什么，就是被单单吸引了，被你的特殊性。"

人们恋物。对于喜爱陈可青的人，他们甚至不用先将她物化。我及时咽下这句话。没有人需要听这些。在那一刻，我知道我永远不会完成陈可青的报道。如果不说出真相，人们永远不可能理解她；如果说出真相，又有多少人能够接受这个事实：在看不到的地方，有极少数人为整个人类的行为付出代价。

"原来是这样。现在我终于知道了。"陈可青轻轻吁出一口气。

外面脚步声渐近。S推门进来，告诉陈可青车子在外面等她。

"你好好写报道。工作很难找。"走之前陈可青叮嘱我。

轮到我走到窗前的月光里，从那目送着她们坐上车消失在夜色里。不敢相信医院会轻易放走这样一个特殊病例，作为人和微塑料的混合体应该有很大的研究价值。还是说医院会有下一步的行动，转念一想，忽然明白了。岛上那些女性出现不适症状时一定看过医生。我不可能是什么首个病例。

许多东西一直都在,只是大家假装看不到。

— 跑球 —

1

明天早晨醒来,我就不再是个穷人。

赵晓百躺在床上对自己说。说话间,余光落到微隆的腹部,同时感到一阵轻微疼痛。一定是腹中的胎儿在回应他,他想。

那是2066年10月16日,赵晓百签下身体有限出租合同的当天。代理公司把他的信息挂上暗网,三小时不到就有客户上门,预约租借他的身体七十二小时。赵晓百感到紧张。那时他只接受简单的仪器操作培训,并不确切知道自己的身体会被怎么使用。公司做出安全承诺,并暗示出租的仅限于身体。这反而让他更加不安,仿佛他们可以令他灵肉分离,单单使用身体。他还是接下这笔业务。毕竟租金按小时计费,连续七十二小时下来,他立刻能拿到一笔相当可观的钱,脱离蜗居胶囊舱的贫穷生活。

"租金不少——但其实还可以再多争取点,毕竟那是我第一次。"赵晓百发牢骚,"公司那些人敲敲键盘就抽走五成的钱,不应该替我们好好谈价钱吗?"赵晓百认为公司应该为他争取到更好的薪酬,但他没什么挑选余地。身体有限出租的代理业务,高回报,也高风险,不但需要尖端科技研发维护能力,还需要在社会上方方面面都打点妥当的手段。稍有差池后果严重。据统计调查,全国总共只有三家身体有限出租公司,各自占领不同地区的市场。更有传言说,这几个公司背后的大股东都是同一个人。赵晓百对这个说法不屑一顾。"你听听就得了。这种都市传说还当真。要真有那么一个人,得是什么样的厉害角色?"

没有证据证明有这样一位幕后老板存在。根据科技企业官方档案显示,第一家有限出租公司于2062年正式注册成立。作为新型服务业获得有关部门批准。一年后,另外两家公司相继成立,手续齐全。这三家公司服务内容和经营理念如出一辙,但都是独立经营,没有金钱往来,也没有人员交集。多年来,这三家公司和它们提供的服务一直在大众视线之外。由于客户人群身份敏感,高度重视个人隐私,公司严格筛选客户和出租人,要求双方签署保密协议,承诺不透露相关细节。身体有限出租的低调经营也许不单是为了消除客户顾虑,还可能多少受到经营者们个人趣味的左右。即使到今天,这些人的名字仍然是保密的。通过正常渠道,无法查到他们的任何信息。

之后三年，随着规模扩大，公司对承租客户的筛选不再像最初那么严格。部分新客户出于虚荣，不顾保密协议，私下透露身体有限出租的细节。结构工程师陈云就是这样一位。他并不觉得自己的做法有什么问题。"你想想，如果你花了一个月的工资去高级餐厅吃饭，你一定会拍个照show一下对不对？更何况这事。我用掉了二十年的积蓄，就为了四个小时。"公开违背保密协议，会被追究责任，付出高昂代价。为规避责任，透露消息的人有意把话说得支离破碎，暧昧不清。只言片语慢慢传开，经添油加醋，衍生出许多版本。版本与版本之间大相径庭，但这些版本都有一个共同点：高额租金，以及天价赔偿。

对于大部分人来说，即使没有确切信源，没有百分百把握，但金钱的诱惑足够有说服力。像所有集体的捕风捉影游戏，讲的人未必相信，听的人却有可能当真。跟风投机者应运而生。截至2066年，"有限出租"业务开创的第四年，也就是赵晓百正式签约成为出租人的那年，市场上已经有三十家正式注册的山寨出租公司，诸如有跟出租公司，目跟出组公司。至于地下非法的更是不计其数。这些山寨公司的业务内容主要集中在几大块，百分之九十为远程遥控出租人进行高危职业，百分之八为虚拟形象角色扮演，对外公开是以情感陪伴为目的，实际上进行远程色情服务。更有以高额工资为诱饵欺骗劳动者的恶性事件。仅上城区警方2066年一年就破获了以身体有限出租为名的一百二十五起劳力诈骗案件，成功抓获七个诈骗团伙。归根结底，这一切都源于身体有限出租的高薪酬，以及大众对身体有限出租的不了解。

被问及身体有限出租的价格是否像传说中那么夸张时，陈云给了肯定的回答。"贵得离谱。"他的手在空中轻轻一划，"什么是价格？价格就是一条线。有能力迈过这条线的人才有资格租借别人的身体。"那么这条线的后面是什么？那些有能力迈过线租借别人身体的人会怎样使用这副身体？到底什么是身体有限出租？

面对追问，陈云没有回答。

2

身体有限出租到底提供什么样的服务？当同样被问到这个问题的时候，赵晓百耷拉下眼皮。

"人。"他顿了一下，回答道，"我这样的人。"

赵晓百，出身于普通技术员家庭，靠奖学金和助学贷款完成高等学业，顺利找到一份中等收入工作，在城中青年箱式公寓租了个单间住下。工作第二年，他应对工作已经绰绰有余，打算再找个兼职，挣来的钱正好够他租一间宽敞点的套房。但兼职时间不固定影响正职，就在他犹豫不定的时候，朋友给了他一份人工代孕的活儿。当时这项技术已经很成熟，情侣夫妻双方通常协商决定谁来怀孕。男性怀孕非常普遍。赵晓百告诉领导这是他和女朋友的孩子，轻易隐瞒了兼职代孕的事。人生道路规划得好好的，一切都有条不紊慢慢前进着。等肚子里的孩子一出生，他就可以搬到套房。再过几年说不定他就可以拥有一套自己的公寓。没想到一天晚上他半夜惊醒，发现羊水破了。他没有经验，叫来助产士，但已经晚了。孩子没保住。赵晓百拿出所有积蓄赔偿代孕公司，又因为羊水弄脏了单间，被房东赶到胶囊式舱位。紧接着，公司知道他兼职代孕，以职务欺诈名义把他开除，一分辞退金都没给。就这样一环扣着一环，顺着不幸的因果链不停地下滑。他都没能反应过来，眨眼间，人已经在谷底。手上所有的牌都没了。没工作没积蓄，再不交下个季度的房租就要流落街头，他不得已只好又去代孕。代孕定金交了房费，可还是要吃饭。二十八岁的他陷入了无法养活自己的窘境。正好那时候有人把他介绍到一家身体有限出租的公司。面试当天，他还在接受体检，警察从外面破门而入，原来这家公司是违法假冒的。赵晓百垂头丧气回到家，没想到真的身体有限出租公司找上了门，递给他一把快速脱贫的金钥匙。

据赵晓百说,这家身体有限出租公司的运作非常规范,先是安排他体检体能测试,然后带薪培训,最后,签署劳务合同。劳务合同相当专业细致。他回忆,合同分为四部分,两百多条条款,逻辑严密,考虑到各种可能,严谨到让人窒息。他也坦言读完合同十分紧张。"上面几乎全是具体赔偿条款,给器官定价,像菜单,还是定得特别细的那种。出租人哪个组织器官受到什么程度的伤害,给予多少额度的赔偿。如果规定时间伤势恶化,额外补偿多少钱。如果死亡,分别根据情况给予多少赔偿金。赔偿额度慷慨到令人怀疑。"显然,公司早已经把赔偿考虑进运营成本里。出租人受伤或者死亡的概率很大。赵晓百几乎被吓退。然而代理合同上的其他内容改变了他的想法。除了赔偿条款外,合同上另外三块内容分别为:第一部分,保密协议。身体出租期间不得向任何人透露,非出租期间可以透露但禁止透露相关细节和对方信息;第二部分租金的定价标准,按照容貌身高学历等等各方面计分,用一套复杂的计算公式算出每小时租金和公司相应分成;最后一部分,被称为身体有限出租三守则。出人意料的简练:在出租服务期间,双方必须遵守规则。甲方为出租人,乙方为承租人。

禁止双方对话,包括通过第三方中转在内的任何形式。

禁止双方发生身体接触,包括远程操作使用器械物件的间接接触。

禁止以任何形式记录服务过程。

——正是这部分让赵晓百放下一点心，决定涉险挣一笔快钱。按照守则，租用他身体的人不能接触他的身体，也不能命令强迫他做事。虽然让人挺摸不着头脑的，但至少听着不是坏事。

更何况，他那时已经走投无路。哪怕前头真是个陷阱，他也只能硬着头皮跳下去。

"既然要做，就要做好，做得值当。"赵晓百这么描述他当时的心态。按照劳务合同第三部分内容，公司有一套严格的评价体系，根据出租人各项情况给出一系列评分，将它们代入到算法得出最后结果，由这个结果来决定出租人能拿到多少酬劳。一张好看的脸是其中重要加分项，也是最容易实现的加分项。为了提高自己身体的"租金"，赵晓百一口气做了好几个部位的整容手术。即使以今天的标准来看，手术也是相当成功的。他的脸漂亮生动，十分自然，没有一点人工痕迹。

他不是唯一一个想到这个主意的人。据调查，百分之四十五点七的出租人在评级前通过各种方法，提高自己的评级指数，整容是其中最常规的手段。还有一部分人则通过快速增肌，篡改体检结果或者学历作假来增加评级指数。既然这是一场明码标价的身体买卖，那么提供身体的这一方设法提高身价也无可厚非。他们有这个权利。

但是——"一张好看的脸可以拿到更高的报酬。"——这多少听起来有些可疑,难免让人对身体出租的服务内容想入非非。赵晓百被这份顾虑逗笑了。他说他之前也有过类似这样不着边际的联想。"但是,去过公司之后,不知怎么回事,我就没那么担心了。一个因为合同里那三条身体有限出租守则,二来——就是那家公司做事的派头,怎么说,特别大气。陈设装潢高档,定金给得痛快,工作人员温文尔雅又精明可靠,再加上合同大部分内容都是在维护我们利益。这些都让人觉得他们已经在一个很高的位置上。人到了那个位置,就不需要靠作恶来获得他想要的东西。"

从出租人赵晓百的角度来看,有限出租公司无疑是可以信赖的。他不觉得会有什么危险,哪怕他当时还怀着身孕。实际上,根据合约,如果出租人怀有身孕,租金会相应增加一倍。当然,那纯属巧合,赵晓百强调。他是看到合同才知道有身孕可以加价。而当时他已经代孕两周了。

3

李海和赵晓百不同。他是一名教师,生活不算困难。他一直想在五十岁之前去南极看一看真正的人工冰川,苦于没有积蓄,最后通过朋友中介担保,做了出租人。评级的时候他也动了整容的念头，但出于惰性和胆怯最后打消念头。他就是这样，怕麻烦，懒。李海的家人这么形容他。我找上门的时候李海还在南极没有回来，他的家人接受了采访。她们很配合，只是没有更多可提供信息。她们说李海很少谈起有限出租的事，尤其对于出租身体时发生的事，他只字不提。实际上，租金一到手，他就昏天黑地忙着购买设备规划路线，几天后独自出发，至今也没回来。

绝大部分出租人无法成为职业出租人，他们终其一生可能只接一单，或者需要很长间隔时间才能继续工作。只有极个别人，进入窄门，将身体有限出租作为正式工作，稳定可靠地完成每一份订单。陈辰就是这么一位。

I

一个猩红的问号突然从屏幕里跳出，震颤三下后轰然炸裂。红色鲜血般喷溅。整个屏幕像个杀人现场。我咽下一句脏话。紧接着对话框里一张古早的EMOJI黄脸冲我龇牙傻笑。我木着脸，等着主编完成他的催稿三连问。至少，他总算不再直接打催稿电话了。

"写得怎么样了？"他问。

"还行。"

"卡壳了啊。"

我直接把稿子丢给他。一个呼吸的时间，那边回复了："所有人物的采访都不到位。写到这，连有限出租是什么都不知道。那个赵晓百，没有提供什么关键信息。"

"采访到一半，他突然有事，我们约好了下次。"虽然没有定下具体时间地点。

"你这稿子最后编辑时间是三天前？怎么没接下去写陈辰？约了吗？"

"约了他没来。临时说有工作。"

主编沉默片刻，说："你去采访有限出租公司，告诉他们我们收到匿名爆料，然后直接问他们服务内容是什么，别客气。"

我想告诉主编我当然试着联系了，当然没能联系上，但很快明白过来，主编既然那么说了，当然有他的道理。除了表情包，他还有一些别的办法。

一个小时后，本市的身体有限出租公司主动联系上我，表示想要"聊聊"，以远程视频通话形式。当然，全息图像以及AR这类提供虚拟实感的技术对他们来说太粗鄙了；当然，即使远程视频通话，也是单方面的，那边关掉了自己的视频图像。"请不要介意。我不太习惯连通视频。我相信没有图像的交流会更有效。"一个男人的声音，介于好听和不好听之间，像一阵舒缓干燥的人造风。

"没关系。之前联系过你们的公关部，可能方法不对，没得到回复。这次您来找我们要谈什么事吗？"我问他。

"听说你们的采访进行得十分顺利，我们也希望略尽一点绵薄之力。这些资料之前从没公开过，希望这次能派上一点用，仅作参考。"

几份文件随即从那边传来，内含一份单独打印的身体有限出租三守则以及一份出租人个人情况报告。个人情况报告内容详尽，除了出租人的基因序列、体检报告、个人及家庭成员病历、教育背景，还有财务状况。财务状况部分被重点标注。根据上面统计结果，这个公司代理的出租人身心健康，大多数受过高等教育，来自不同行业，最重要的是——其中百分之四十三的人生活有保障。代理公司试图要证明出租人的多样性，以此委婉地澄清关于公司耸人听闻的传言。他们并不屑于乘人之危，利用别人的绝望和贫穷。这是一门体面的生意。当然。

"这些信息真实可信，属于当事人隐私。我们相信你不会过度使用。考虑到可读性，也没有必要。"

"能谈一下客户租用身体的主要用途吗？根据有限出租守则，双方不能对话不能身体接触，怎样……"

轻微的响声，好像针落，从扬声器传来。屏幕上的黑屏纹丝不动，也许只是更暗了一些。代理公司的发言人下线了。他不是在回避。一旦达到他的目的，对他而言，这场对话就结束了。就连那些必须说出的话，也让人觉得像没有完全说完。

赵晓百说得没有错。代理公司自带一股莫名让人信服的气场。面对他们,就像面对一堵占据全部视野的金属立面,光滑冰冷没有缝隙,你以为是一堵高墙,等到退出十来米后才发现,面对的是拥有完美几何形状的巨大之物。只能叹服,只能相信,只能接受。他们不会说谎。他们一定是道德的。他们比这个世界上其他人更愿意遵守道德。他们的存在就是道德的。道德对他们来说是一种必须具备的能力,类似如何正确使用刀叉。事关体面。

他们给的资料,没有问题,详实可信。

但是奇怪的是,这些资料,这些事无巨细的数据非但没有推进调查,反而令调查失去动力,变成了一项乏善可陈的无聊任务。外围信息不断积累,大都平凡无奇,似乎越来越暗示这个报道本身并没有什么价值。我甚至怀疑这才是那个人找上门的目的,明明白白告诉我:你看,这里没有什么值得挖掘的新闻。所有的事都合情合理,体面正当。而另一方面,"有限出租身体"的具体内容仍旧是个谜。这个谜被掩盖在越来越臃肿的已知事实里。

II

我又约了一次陈辰。他爽快答应,然后同样爽快地放了我鸽子。赵晓百那边也一直没能定下时间。一连过去四天，我又试着联系几位出租人和使用者，但这轮运气更差。没有一个人回应我。

这个被主编视为珍宝的选题，在我手里渐渐成了鸡肋。主编催得越来越急，每天都发四个问号炸弹的表情给我。我渐渐养成了习惯。每天等他的表情，然后盯着屏幕，等碎裂的猩红色在屏幕上慢慢消退，就像看着自己的血在墙上慢慢干透。这么看着的时候，脑子里一遍遍复盘到底采访的时候哪儿不对了。采访陈云本来很顺利。直到问到有限出租的服务内容。他突然不说话了。身体僵直，呼吸不自然地急促起来，上唇沁出一层汗珠，眼睛，他的眼睛：眼睑肌肉强直收缩，眼球凸出，瞳孔放大。那不是一双回避躲闪的眼睛。那双眼睛属于没能成功死去的死者，或那些不顾羞耻沉迷在白日梦中的人。

他是怎么使用了别人的身体？那四个小时里他到底做了什么，能在一个人身上留下那么强烈的印记？

不管我怎么套他的话，他都没有再说出一点有价值的，绝口不提身体有限出租的具体内容。这个人不自量力跨过了他所说的那条线，追求根本不属于他的刺激和快乐。也许他以为这样就能完成某种意义上的精神跃迁。真有意思，明明恨不得全天下都知道他有过这样奇特的经验，却在差临门一脚的时候他倒退缩了。我不该步步紧逼他。他只是个相关人士。就算有些事他难逃干系，我也应该表示错不在他，安抚劝慰，如果这样大概就能得到答案。面对追问，陈云非常不安，开始抗拒。可我却错判了形势，以为再施一点压，就能让他开口。我着了魔，沉浸在压迫式提问带来的亢奋中。

至于赵晓百，我不确定。他的话里有一些东西不对劲。虽然这点不对劲与"身体出租"整个事的吊诡程度相比根本不算什么，往往刚露出点端倪就立刻隐没其中无迹可寻，但我还是感觉到了。也许是他说话的样子。他渐渐放慢语速，进入到一种平滑得只需要惯性就能前进的叙述状态，好像为了腾出一部分心思欣赏自己陈述里无处不在的违和感。他已经放下初次见面的紧张，像所有知道答案的人，找到了自己的节奏，而且不仅仅是他自己的节奏。没错。我们俩中间他是控场的那个。在这个努力向上爬，懂得规划人生的人身上，有什么激起我内心深处的警惕。

狗屁的警惕。

早知道报道会卡在这里，天天盯着主编的炸弹问号，我一定把自己这份警惕连壳带皮地吃下去，我一定毕恭毕敬如饥似渴地听着赵晓百说的每个字，然后感激涕零地引用在报道里。过了五天，主编要我把有限出租公司给的资料发给他，看完后他告诉我不用跟了，这个报道意思不大。我说好。他又说我应该早点给他看，这样他就不会再追问我。我说下次知道了。主编的对话框暗了下去。那之后我再也不会每天定时收到炸弹问号,面对满屏幕往下淌的"血"。但很奇怪,我并没有因此松口气。

那口气半吊着,像个(奄奄一息又不肯死的)垂死之人。

结果,隔天赵晓百出现了。他表示愿意继续上一次采访。我们约好时间,还有地点。

Ⅲ

这次,赵晓百要求线下见面。地点定在他家附近的咖啡馆。他比上次采访时候胖出许多。眼睛下面很重的黑眼圈。原来那股蠢蠢欲动的聪明劲儿没了影。取而代之的是温吞的笑容,在略略浮肿的脸上浮光般散开。他为上次采访中断道歉,但没有解释当时急着离开的原因。

"没关系。这次来有件事想当面告诉你。身体有限出租的报道可能会延期。"我开门见山,告知他近况。

"什么意思?你们不报道了?"他一怔,但不算特别吃惊。

"——没有新闻点。"我关掉录播机,看着赵晓百,"上面要求我多做社会事件,有争议的那种,而不是经济报道。"

他看向我。"听说公司找过你们?"

"对,他们给了我们一些资料。还有这个,你有印象吧?"我拿出一张照片。

赵晓百盯着在面前展开的全息影像。一个半透明的球体几乎占据全部画面。背景是一间房间，放大看可以看到地板墙和门都是特殊抗干扰材料。以门的大小做参照，那么这个透明球直径应该在两米以上。

图像底下一行小字：身体有限出租装置。

"嗯，这个东西，出租身体的时候要用到。"赵晓百说。

"怎么用？"

赵晓百不说话，仍旧盯着图像，好像在那下面有另一个别人看不见的图像。

"该装置为球形振子场，一般情况下不可见。独立生态环境。在规定时间可进行球内外大分子物质交换。直径两米，容纳一个自然态下的成年人。一旦登录成功被激活，球体随登陆者一起移动，每三小时能够与外界进行三十秒内的物质交换，但登陆者只有在设定时间结束后才能离开球体。它最独特的地方是能同时实现远程监控和物理环境隔离。在有限出租时段内，出租人生活在球体里。而承租人通过微型监视仪，观察球里发生的一切，并且随他心意遥控改变球内物理环境。"我一字一句读完照片下说明文字，然后问赵晓百，"是这样吗？"

"是这样。"

事情就是这样。有时候辛苦追查一个看似很有价值的热点，最后得到的只是一个空心礼包。有限出租三守则，半公开经营，包括相关人士对重点问题的回避，就是礼包外面一层层漂亮的包装纸。他们遮遮掩掩只是为了隐藏这件事的乏味。

"这不就是私人定制的真人秀吗？"早就有这类满足人类内心无尽窥探欲的娱乐了。你们搞了半天就为了这个。我觉得自己被愚弄了。"没猜错的话，和真人秀一样，出租人在球体里的隐私画面都会被自动打码对吧？"

"对。但在合约规定时间里，出租人的身体属于承租人。"

"怎么属于承租人？按照三守则，不能对他说话，也不能碰他。除了看还能干吗？"我声音大了起来。

赵晓百看着我。"对，就调调环境指数，看看我们在里面怎么生活。"

谁能想象这个身体有限出租是这样一个正经服务业？虽然有点奇怪，但其实，出租人的身体没受什么实际伤害。连色情行业都不算。"真是一门合情合理的正经生意。"我感慨。

"合情合理。"赵晓百整个人从位子上弹起来，隆起的肚子撞得茶桌直晃。他脸上温吞的表情被一片巨大的空白吸收了。他喃喃说了一句什么，慢慢回到位子上，像潮水退进海的深处。

出租身体的第一天，我准时戴上控制腕带，打开振子场开关，进入球体，登录激活，稍稍活动一下关节，试着来回走几步，一切正常。起初想到有微型摄像头在，我还很不自在。几个小时过去，什么事儿也没有，绷紧的神经慢慢放松下来，本来打算出去闲逛，一没留神就已经躺回床上发呆。公司强调过，出租期间要像平时那样生活，我平时的生活大致如此。丢了工作之后，大部分时间都在想入非非中消磨掉。又因为身子笨重，我在床上的时间越来越多。那天我也是东想西想，想着想着身上发痒，像小虫子爬过。我顺手一摸，手上湿漉漉的。是汗。我惊了。这才觉得热。胸口发闷，人躁得不行。早习惯恒温恒湿的身体已经很久没有处于这么闷热的环境。真难受。我明白了，是我的承租人在远程调控。我稳住神，脱掉外套，接着是衬衣，长裤。还是热。汗不断往外冒。背心粘在皮肤上。我犹豫要不要脱掉背心，也的确预料到会有这类带情色意味的诱逼，不借助外力不用语言逼人就范，凭靠更间接更冰冷手段，令人一点点褪去所有的遮蔽与保护，赤身裸体。但我没想到会这么热。热得没法再躺下去。我坐起来，调低胶囊舱温度，没有用。打开舱门，有一点用，不过是错觉。看上去觉得凉快一点，也许我那时已经热昏头。我喘着粗气爬出胶囊舱，大口补充电解质饮料。刚从冰柜拿出来的饮料，到嘴边已经温热发烫，喝下几口，立刻在胃里翻涌。我晕得厉害，心慌。四面墙壁转着圈向我压来，我一把扯掉背心。"看吧，反正是租给你的身体。"我吼，其实只是含糊不清地嘟囔。后面的事我记不太清了。意识断断续续。只知道等到稍微清醒过来时已经在街心花园。我是怎么拖着笨拙代孕的身体一路跑到这的？一路上有多少人看见我挺着肚子只身穿着短裤暴走的样子？我冷静下来，脑袋里的热粥不再扑腾。搞明白刚才发生了什么之后，我立刻猜到将要发生什么。飕飕不知道从哪吹来的小风直往脑袋灌。汗早就干透了，也带走了不少体温。我拔腿就朝家里跑。那劲头，就像一位参加奥林匹克短跑选手。可肚子里的人造子宫没跟上我，一阵收缩拉扯韧带和肌肉。我疼得蹲下来，眼巴巴等这波阵痛过去。我从没经历过这样的剧疼，没办法只好减慢步速。回家的路从没那么长。一想到柜子里那条厚被子，就觉得路更长了。这感觉真奇怪。明明正午的阳光直射头顶，枝头的花朵鲜艳欲滴，身体却止不住一个劲地打冷战。迎面走来一对母女，瞪大眼看我。我双臂抱胸尽可能减少散热面积，这让我看上去更怪异。我应该觉得羞耻。应该。面对母女慌忙跑开的身影，我牙齿剧烈地打战，心跳得像被连续重击的梨球，骨骼肌强直收缩。我只觉得——冷。也许还有混杂了一些情绪？大概是愤怒，像石头的尖叫硌在胸口。我听见嘴里吐出含混不清的咒骂，我希望监控头那边的人能听见，希望多少这些话能刺痛那个人，哪怕只有萤火虫光芒那样热度。慢慢地，我说不动了。脸麻了,身体也是。我看着从嘴里吐出的一团团白气,觉得像在做梦。我裸身跑在一个梦里,最高处有一只眼睛紧紧盯着我,眨都不眨。

我知道不能停下,但就是困,脑袋里全是棉花沉沉地垂下来。隔着眼皮我看到下面有个男人裸着身体踉跄向前。男人停下来,脑袋耷拉着像是在盯着什么东西看,眼都不眨一下,睫毛上冻了一层白霜。

——冻得眼皮发沉。

我醒过来好久,才明白发生的事。我横躺在人行道上,只剩一条内裤遮体。身上东一块西一块蓝紫色斑,刺痒肿痛。这还不是最不对劲的地方。我斜脑袋朝脚趾手指看,二十根小零件肿得奇形怪状,不过还都在原处,就是一点没感觉,好像是从别人身上临时借来装在身上的。后来我才知道当时的冻伤只是轻伤级别。而且幸好球体内气温只是回升到二十摄氏度,并且回升速度很慢,否则会对身体造成更大伤害。有几个人飞快从我边上经过,走不多远又鬼鬼祟祟慢下来。我敞开让他们看。复温中的身体痛痒难忍,身体末端也有了知觉,仿佛密密麻麻的小虫在上面爬来爬去钻进钻出。我还是不动弹,摊开手臂躺成不规则"大"字。秋天的阳光又冷又硬,从摇动的树叶跌落到我睁大的眼睛里。我放弃了。但不知道放弃的是什么,就是感觉一阵轻松。肉身痛苦一旦变得纯粹，就没那么难以忍受了——不要抵抗，不要愤怒，不要恐惧，不要有任何情绪，不要有一丁半点的念头。接受就好。让事情变得简单些。我也会好过一些。我好像有点开窍了。我忽然隐隐约约明白一些事。这不难，忍着疼，拽住一个不成形念头慢慢往外扯。然后无论扯出的是什么怪物，都不要紧张。躺平就好。不要挣扎——现在是休息时间。

别着急，接下来三天还会有很多情况要应对。

此时此刻，坐在面前的赵晓百四肢健全，肌肤润泽。那次身体出租没有给他留下任何后遗症和伤疤。赵晓百告诉我在熬过最初那几轮环境骤变后，他就明白自己不会有什么事。"我很安全。那个人不会拿我怎么样。"

"因为赔偿金很高？"

他笑了。"这个数量级的金额，绝大部分客户根本不在乎。传言说，最初公司老板把赔偿金额定在客户消费水平线上，结果反而刺激客户破坏出租的身体。当然这只是传言，没人知道真假。"他顿了一下，收起笑容，回到原来的话题。"他们不会真的伤害我。那样不道德，或者说不符合他们的美学。在出租来的身体上留下伤痕或者后遗症，在他们看来，很野蛮，不，是粗野。身体有限出租是一项限定在安全范围内的优雅娱乐。"

"娱乐?"

"娱乐。要有外科大夫那样的冷静头脑,掌握好分寸。否则容易玩坏。我听说好几个新客户玩上头了,搞出很大动静。他们人不行——明明是打工拿工资的,却以为自己是人上人,跟风来猎奇。"

"会上头?"

赵晓百深吸口气,目光向内,全神贯注地咀嚼着什么。过了好一会,他才一丝丝地把咀嚼过的念头吐出来:"我想过,在球体里的时候,出来的时候,我都想过,如果我是那个远程操控的混蛋,我会怎么样?完全掌控一具身体,把'它'从别人那剥离下来,你可以对'它'为所欲为,但又保持体面,合情合理——我一定会上头。真的好玩。"他的眼睛像漆黑玻璃墙面,反出油润的光芒。

调控球体内环境远不止改变气温。承租人通过远程操控还能单独或同时改变球体内的气温、气压、光线、空气氧氮比例、湿度、噪音等因素。根据赵晓百回忆,在他出租身体的七十二小时里,经历以上所有变化。还有一次,球体内甚至喷上奇怪气体,令他强烈渴望异性。

"所以,客户们还需要一点生理常识,否则把握不好分寸。"赵晓百补充。

"你是怎么坚持过来的?"

"我想明白一件事:出租身体的时间里,我的身体不属于我。所以那具正在遭罪的身体，并不属于我。他遭的罪也跟我无关。所以我灵魂出窍，所以我置身事外。"赵晓百左手摩挲着肚子，"你知道他们管有限出租装置叫什么吗？——跑球。"

"把仓鼠放进去在里面跑的那种塑料球？"

"对。但是这个跑球里装的不是仓鼠，也不是人，只是一具没有灵魂的身体——只是一块肉。一切都是生理反应。受环境变化而反应。不存在羞耻不存在愤怒。优雅、不违背道德地，将一个人变成肉。在这个世界上，使用身体做工，掌握绝对控制权，对另一个人的身体施加暴力凌辱，这种事情不是一直在发生，一天也没有中断过吗？一点都不新鲜。一点也不体面。但是他们，什么也不为，也不碰我们，也不和我们说话，只是要看我们的生理反应，变着法儿地改变环境，然后看着我们，就像看一块在火上烤着的肉，小心翼翼。他们不在乎我们多憎恨他们多害怕他们。他们不想伤害我们，不想要我们服从他们。不想要我们的摇尾乞怜、献媚。这些他们早就有了。他们不稀罕。他们想要他们没有的。单纯的一块肉。"

IV

在咖啡馆门口临分别时，我（关掉录播机）问了最后一个问题。

"你当时代孕的那个孩子最后生下来了吗?"

"啊。"赵晓百眯起眼望着暮紫色的天空,"流了。挺过了七十二小时,结果从跑球出来第二天忽然就不行了。到底没保住。还有什么要问的吗?"

"没了。"我尽量不去看他隆起的肚子。信息安全部同事告诉我,通过逆向追踪法,他们发现匿名爆料身体有限出租的邮件是从赵晓百的个人终端发出。他们还恢复了邮件未修改前的内容。没什么差别,只是多了两句话:三个月后我就要有自己的孩子了。如果将来他知道这世上还有来钱那么快的方法——一想到这个我就害怕。

我没有问赵晓百他害怕什么。我本来可以问问。也许可以做一篇报道。但我没那么做。这不是一个好的记者该有的样子。今天够了。虽然还没到秋天,但一股股凉意往脊梁里灌。虽然可笑,但还是忍不住疑心是不是置身在另一个跑球里。我向他的背影伸出手,仿佛能够到一般。但他已经走远,摇摇晃晃缩成一团浓黑的影子。现在,这个男人背对我的时候,我可以坦然直面我对他的那份敌意,那份平平无奇的敌意。它没有随着采访结束消失,也永远不会消失。因为它不归我所有。它是这个世界每个人所共同拥有的敌意,针对身边那些竭力爬到高处的人。

突然赵晓百停下,回过头大声问道:"这报道发不出去吧?"

我怕他看不清楚,用力点头。

他好像是笑了,听不真切。暮色更重。

他是聪明人,知道我点头的意思,没有再说什么。路灯下一张橙色发亮的面容一晃,转进阴影。只留给我越来越小的背影。

对于有限出租的客户来说,那是一块肉。确切地说,是两块。他和他腹中的胎儿。按照赔偿条款,客户不仅对他而且还需要对他当时腹中胎儿负责。只要他没有最后产出健康婴儿,那么就会得到高额赔偿。数目远远高出他赔给代孕公司的数目。不管是不是他说的纯粹巧合,他怀着身孕出租身体,是给自己上了双重保险。因为第一次代孕以流产告终,他对自己的身体没有信心。要是没有流产,就挣代孕和有限出租的钱。要是习惯性流产,高于代孕赔款数倍的天价赔偿金足够满足他所有需求。

确切地说,流产,才是头奖。也许才是他真正的目标。

整个事件里,赵晓百的主观意愿是什么?他是计算好这些才去接受代孕然后出租身体,还是真的偶然代孕后出租身体;他是希望留住孩子,还是蓄意寻找流产机会?我永远不会知道答案了。

而且,就算他是蓄意流产骗取赔偿金这又有什么错呢?无论是代孕还是整容,无非是在追求身体价值的最大化，让那块肉变得更有价值。

对承租方来说，这是一场要求高度冷静克己的智性娱乐，在出租人眼里，就是一场以身体为代价的轮盘赌。身体是他们唯一的财富。他们通过整容也好，代孕也好，想方设法为它增值。这样粗暴野蛮的欺骗方式想必早就被公司和承租方发现。然而他们什么也没说，只是饶有趣味地旁观这一切的发生。

肉可以提高价值。

但天平却是他们的。

后记

要是没人觉得不礼貌

我更愿意就地坐下

一个小说作者对自己小说做的最好的事就是沉默。

她所不得不言说的一切都在小说里了。她已经把那段时间里的自己全部都献上。没有值得再多说的。她是谁她遭遇过什么她怎样成长她怎么写的没有那么重要。

如果有趣的话分享一下也不错。我这里的情况是,的确没有可说的。

写这些故事用掉所有力气,透支已经破产的身体,所以到了现在,能做的就只有笑笑侧过身,不让自己挡住作品。要是没人觉得不礼貌,我更愿意就地坐下。这是我的位置。

一个坐在路边的科幻作家。她不飞,也不俯瞰。

我喜欢这个位置,不怎么费力,不怎么鲜衣怒马,看人们走过,观察他们的脚踝、鞋履、走路方式、脚印的深浅、生命的重量、一些未经修饰的场景、一些被忽视遗忘的片段。即使在未来,即使科技再发达,从我坐着的位置也能看到不一样的世界。

《后来的人类》再异化再进步,也仍然有人类的残存,也仍然保有现在的你我想要去爱并为之哭泣的部分。中文是可爱的。要是用英语就必须在两个意思之间做出选择：这后来的人类，到底是"后来的人类"，还是"后.来的人类"？

至少在这本书里，两者都是。《后来的人类》既是未来社会的后人类，也是那些因为各种原因没能及时赶上"最后一班车"的人，那些被技术抛下落后于时代的人，那些不知不觉就从视野消失的人。

这本科幻小说集里没有奇人异士，没有英雄恶徒。全部普通人。他们在小说描绘的未来里，没有任何征兆预演地，就从原来普通人的位置滑落，成为"后.来的人类"。那么之后呢？她或他们打算怎么做？怎样获得活下来的权利？怎样争取一种有尊严的生活？作为人类。

最近挑了几集《狂飙》看，最大的感触是：

人一旦认可了某种逻辑，就迟早会成为这条逻辑链上的一环，然后能做的就只剩下去争取成为最上端的那一环。

但是不是可以创造不同的逻辑，不同的生活，另外一条生存之道？未必是更好的选择，也许是更糟。不要紧，以科幻推演的方法构建不同的未来，做思想实验，尝试用不同的路径回答问题。如果我们连在虚构的世界里都没有想象另一种生活的勇气，那么还真的有必要期盼未来吗？新瓶里的旧酒会有什么新味道？

忽然意识到勇敢和想象力之间关系紧密。人需要一点天真甚至鲁莽的勇气，才敢于肆无忌惮地去想象，不让思想轻易被框住，不让眼睛急于寻找参考；另一方面想象力又是勇者必须具备的智慧，身处绝境看似无路可走时，借助想象力闪耀光照，勇者向着虚空凌空一跃，迈出创造性的舞步，用一种前所未有的身姿，命名所踏足的荒野，赋予它经纬，开启它的时间。

想象坏未来并不是我本意。之所以想象并且写下它们，是希望那样的未来不要到来。我是幸运的，始终被眷顾，正因如此，有着必须要背负的愧疚和责任。日剧里总会有个老人告诉你：人不可能只靠自己活在这个世界上。我觉得人也不可能只靠自己成为一个人。

朋友问我你坐的地方是城里还是城外。不重要。边界会被修改，城墙也会坍塌，但有些东西一直在那，至少对那个地方的人们来说是这样。不过那个时候我也不在了。这也不重要。

重要的是，活着的时候，我就这样坐在路边，等着有谁愿意听我讲个故事，或者停下来陪我坐一会，哪怕就这样径直从面前走过也是好的。多美的人间。